天窓のあるガレージ

hino keizō
日野啓三

講談社文芸文庫

目次

天窓のあるガレージ

地下都市

初めての土地なのに、初めての気がしない。ちょうど一年ほど前、私は数枚のカラー写真と観光パンフレットだけを頼りに、この土地を舞台にした小説を書いていたからだった。自分では想像力が豊かだとは思っていなかったが、意外に私が描いた光景は実際に似ていた。自分の小説の中に入りこんだような気がする。ゴシック教会の尖塔を思わせる奇岩の林立。赤茶けてざらついた岩肌。「地の果ての谷」「天と地の接するところ」と、私は幾分大仰すぎるのではないかとためらいながら書いたのだが、まさにその通りの奇観であった。トルコのほぼ中央部の高原地帯、ローマ時代の昔からカッパドキアと呼ばれてきた地方である。

だが私が偶然に目にしたカラー写真から小説を書こうとまで思いこんだのは、必ずしも異星の表面を思わせるような異様な地形ばかりではなかった。そんな荒涼たる谷間に集まってきて、奇岩の中や絶壁の途中に岩をくりぬいて住みついた人間がいた、という事実だった。ローマ時代の末期、混乱と退廃と不安の中で、この世の終りと最後の審判が迫ったと信じた初期キリスト教の修道士たちが、続々とこの地の果ての谷に入りこんだのである。高原の冬は雪も降り、夏は岩が焼ける。谷底に小川の流れるところはあるが耕地は乏しく、物質的、肉体的な生存はきわめてきびしく、彼らはひたすら天を指す岩の中で魂をとぎすましながら、終りの日を待ったのだと私は考えた。

そしてその通りの不毛の谷、そこの岩を掘り抜いて住んだ人々の凄絶な生存の跡を、私は見た。高原の直射日光に岩肌は焼け、谷間の蔭は陰々と静かだった。岩にうがたれた明りとりの穴を、乾ききった風が吹き過ぎながら、凝灰岩の粒をひと粒ずつ崩してゆく。東京で私が想像しえたぎりぎりの生存、狂おしい精神性の証しが、ここには確かに実在したのである。私が想像したよりも尖塔的奇岩の連なる谷は、はるかに広い地域にわたって十数か所もあったけれど。

世界には聖地と呼ばれる土地が幾つもある。その場所に立つと、霊気めいた気配があたりの地面や森や石から妖しくにじみ出るのを感ずるが、ここの自然の風物はただ不毛奇怪で、ここで感ずる聖なる気分は、ここに住みついた修道士たちの生き方からくる。終末の到来と最後の審判を信じ続けた彼らの、身をもって証し立てた反現実的精神性に、私は驚嘆し感動し強くひかれたのだった。

いまその岩窟を掘り抜いた人々は、ひとりもいない。どの岩にもうがたれた出入口や明りとりの穴は、ぽっかりと黒くうつろで、風雨にさらされ続けた髑髏の目を思わせる。彼らは紀元二、三世紀ごろ、小アジアあるいはギリシャ半島から集まり始め、十世紀前後にビザンチン文化の影響を受けて最盛期を迎えるが、十一世紀後半から、トルコ族、モンゴル族たちの領有になるとともに衰微して、やがて消える。

いまこの高原地帯にすんでいるのはイスラム教徒のトルコ人であり、岩窟キリスト教徒たちがどこにどう消えたのかわからないだけに、ひたすら天に向かって研ぎすまされた彼らの垂直の精神の姿勢だけが、ひと気ない尖塔的奇岩の列から迫ってくるのである。

ところで一年前には全く見つからなかったこの土地について書かれた書物を、偶然に私は旅行の直前に見つけた（立田洋司著『埋もれた秘境カッパドキア』）。その書物のおかげで、数枚の写真と簡単なその説明だけから勝手に私が想像するしかなかった事柄について、様々の知識を得た。飛行機の中で読んだその書物で、彼らキリスト教徒たちは、地上の奇岩の中に住んだばかりでなく、地下にも大規模な居所をつくり上げていたことを知った。

だが天を指す岩と精神にばかりひかれていた私は、「地下都市」について、あまり関心をもたなかった。地下に大避難所を設けるということは、現世の生活を捨てて地の果ての谷に移り住んだはずの人々のイメージと、うまく重ならないのだ。世界の終りが迫っているときに、どうして営々と地下にアリの巣状の生きのびる施設をつくることがあるのか。

無理にインドから足を伸ばした日程のため、私は三日しかカッパドキアに滞在できなかったが、初めの二日間は、もっぱら谷の方ばかりをまわり歩いた。車を雇って走っても一日ではまわりきれないほど、広い地域に奇岩の谷は散在していた。岩質のちがいなのか、陽射の具合なのか、同じような尖塔状の岩の並びも、赤茶けて見える谷があり、青味がかっている谷もあり、うっすらとピンク色に染まっているところもあった。岩窟は単に住居であるばかりでなく、洞窟寺院も幾つもあって、その天井や壁には、ビザンチン様式の彩色聖画がかなり残っている。それらを駈け足で見てまわるだけで二日間と三日目の午後までかかった。地下都市も見ておこうと思いついたのは、最後の三日目の夕方近くだった。

イスタンブールから同行してもらった通訳兼案内人のトルコ人青年が、ホテルのある町からそれほど遠くないところに、最近見つかった地下都市がある、とホテルの支配人から聞いてきた。以前に発見されて整備された地下都市が三か所か四か所あるのだが、それは町からかなり遠い。時間がなかった。

「前にローマでカタコンベを見ている。あれより少し大きいようなものだろう。ちょっとのぞくだけでいいから、近い方に行こう」と私は言った。

車は国道を少し走ってから、脇道にそれ、低い丘の連なりの中を進んだ。奇岩の谷はすでになくなって、芽の伸び始めた小麦の畠、まだ葉の出ないブドウ畠が丘の斜面にひろがっている。ブドウは棚がなくて西瓜のように茎が地面を這っている。白壁に煉瓦色の瓦屋根の家のかたまった村落もある。村落には必ず回教寺院があって、細く削って尖らせた鉛筆を立てたようなミナレット（尖塔）が、夕日に赤く染まりかけていた。

そんなこぢんまりと穏やかな村落のひとつが見える丘の中腹で、車はとまった。

「このあたりだと聞いたんですがね」と案内人は言う。ふたりとも車を降りてあたりを見まわしたが、ところどころが畠になっている荒地の丘がゆるやかにうねっているだけで、地下都市といった奇怪なものがありそうな気配はどこにもない。湿気はないのに、大気が薄赤くあるいは薄青くかすんでいる。

舗装のない村道を少年が歩いてきた。十歳ぐらいだろうか、紺色の上着をきちんと着こんで、ズックの鞄を抱えている。はるばるトルコまで来て驚いたことは幾つもあるが、そのひとつが子供たちが色の白い品のいい顔立ちをしていて、服装がいいことだ。うんと田舎を走っていても、貧しげな服装の子供やガキ大将めいた粗暴な子供に出会ったことがない。その子も目がぱっちりと黒く華奢な体つきで、車をとめている私たちの傍らをそっと通り過ぎようとした。

通訳のセリムが声をかけた。少年はセリムの言葉をおとなしく聞いてから、ゆるやかな丘のひとつを指さした。あたりに幾つもあるごく普通の丘に過ぎない。セリムが本当か、というような口調で念を押す。少年ははっきりと顔を上げて答えてから、多分教科書が入っているにちがいない鞄を抱え直して、先に立って歩き出した。

「あの丘の下がそうだ、と子供が言ってます。自分で案内するそうですが行ってみますか」

火山灰性のぽくぽくと土埃のたつ小道を、少年を先頭に私たちは歩いていった。イスタンブールからずっと車でまわってきた途中のエーゲ海岸地方では、すでに野原は鮮やかな緑色になっていて、桃に似た紅い花、アーモンドの白い花が満開だったが、ここ中央高原地帯ではまだ雑草は固く枯れたままだ。白っぽい黄土色に乾いた丘の斜面のそこここで、茎の強《こわ》い雑草の茂みが針金を使った前衛生花のオブジェのように見えた。

高くもなければ大きくもない丘だった。疲れもしないですぐに頂に来た。頂に小屋がぽつんと一戸だけ建っていた。ブドウ畑の番人小屋か、農具置場あるいは乾草小屋の感じである。少年はそこでとまった。小屋の戸口にトルコ語の標識板が打ちつけてあった。

「ここが入口だと言うんですがね。確かに地下都市と書いてある」

セリムはそう言って小屋の扉に近づいたが、扉には大きな錠がかかっていた。少年が何か言った。

「この子の父親がイマームで、イスラム教の説教師みたいなものですが、この錠の鍵を持ってるそうです。きょうはもう遅いから開けてもらえないだろうと言うので、あなたは日本からわざわざこれを見に来たのだと言ったら、父親を呼んでくると言ってます」

少年は華奢な体には大きすぎる鞄を横抱きにして丘を駈け下りて行った。私とセリムは小屋のまわりをぶらついた。「これが通気孔だ」とセリムが言う。小屋の蔭の地面に直径五十センチほどの穴があって、まわりを石のかけらで囲ってある。セリムが小石をその中に落とした。耳をすましたが、いつまでたっても石のぶつかる音がしなかった。

「深いんだな」

「ここは知りませんが、別の地下都市は地下七階か八階もありましたよ。何しろ一番大きいところは五万人も住めたと言いますからね」

「どうしてそんな大がかりなものを地下につくったんだろう」

「ペルシャ人やアラブ人が次々とこの地方に攻めこんできたからですよ。チムールまで来たんですからね」

そのことは私も本で読んで知っていた。私が知りたかったのは、現世の生活、自分自身の肉体的生命まで棄てる覚悟で、この不毛荒涼の土地に集まったはずの人たちが、なぜ生きのびるためのそんな大変な努力をしたのだろう、ということだった。

天に向かってそそり立つ岩に住んだ人たちが、どうして地にもぐったのか。異教徒の軍勢は恐ろしかったとしても、神に近く生きた人間は最後の審判のとき生まれ直すことができる、とくに殉教的な死の場合には、と彼らは信じていたのではなかったのか。生と死についてわれわれと異った観念、いわば逆の現実感をもっていたにちがいない信者たちが、なぜ米軍の空襲にそなえて防空壕を掘ったわれわれと同じようなことをしたのだろう。

そんなことをひとり考えながら、これまで天を指す岩、天に近づこうとした精神にだけ関心をもってきた自分が、何か間違っていた、重要な要素を見落としていた気がしてきた。氷山の光り輝く水面上の姿ばかりに気をとられて、水面下のもっと大きな部分、暗い部分のことを忘れていた。少なくとも一年前に岩の写真を前にして小説を書いたとき、私は彼らの水面下の部分を予感さえしなかった……。

やがて少年が父親と一緒に丘を登ってきた。イマームという聖職がどういうものか知らない私は、漠然と異形の服装を想像していたのだが、近づいてきた父親は、ややくたびれたスーツを着たごく普通の中年男だった。息子に似て顔色が白く体つきもほっそりしている。物静かな態度でわれわれの前に立ち、セリムの言葉を、視線を落としながら聞いている。それからごく簡単に低い声でセリムに何か言った。

「この人はイマームなので、モスクで夕暮の礼拝の先導をしなければならない。あまり時間がなくて残念だが、と言ってます」

「時間がないのにわざわざ出向いてくれて感謝している、と伝えて下さい」

セリムの通訳を聞いた聖職者は、初めてはにかむように微笑しながら、私の方に片手を差し出した。握手しようとして、差し出された男の手が左手なのに気づく。あわてて私も左手を伸ばして握手した。

　聖職者は錠を開けて先に立って小屋の中に入った。すぐに階段がくだりになっている。尖塔の岩の中と同じように、木枠も金具も全く使われていない土の階段である。外の土と同じ粘土色をしているが、土というより岩なのだろう。粒子が粗くざらざらの脆そうな感じだが、意外に固い。ローマのカタコンベはもっと粘っこくやわらかい土だったな、と思い出す。この岩では掘るというより穿《うが》たねばなるまい。恐らく鑿《のみ》のような固く鋭い金具でひと打ちずつ。鶴嘴《つるはし》のような道具があったかどうかわからない。

　階段を降りると通路の床は平になった。三人は並んで歩けるほどの、かなり広く高い立派な通路である。見たところ横に進んでいるが道はどんどん下っているようだ。いろんな部屋が次々と現れてくる。削り残した岩をテーブルのような形にした食堂がある。二十人か三十人は一緒に食事できそうな長い食卓である。椅子も岩である。岩をくりぬいてベッド状に作った寝室がある。台所もある。調理台も岩だ。丸く壺状に岩をえぐった穴がある。「ブドウ酒をつくるところ」とセリムが案内役の説明を伝える。

　どの通路も部屋も、土の崩れたあとひとつなく整然としていた。入口から電線が通路の天井をのびていて、電球がともっている。蛍光灯ではなく裸電球なので、まわりじゅうの岩肌が余計赤茶けて見える。組成の粗い岩の粒々が小さな影をつくる。木片や布は一切なく鉄さえもない。錆び腐るものが何もないので、ついこの間、掘られたばかりのようだ。壁や天井に鑿のひと打ちひと打ちのあとが、はっきりと残っている。だがどんな顔形、どんな服装の人たちだったのか、さっぱり想像できないので、まるで形のない意志と精神力に従って鑿がひとりでに動き続けたような奇妙な感じだ。岩のテーブルや寝台はあってもこまごました家財道具めいたものが全くないのが、余計生活のにおいを感じさせない。だが、ここだけでも一万人は住んだのではないか、と聖職者は言う。ここもまだまだ下の方に通路と部屋がのびひろがっているのだが、完全にはまだ調査も整備もされていないそうだ。この広大さと本格的な造作に比べれば、ローマのカタコンベなど穴ぐらに過ぎない。

通路のところどころで壁に凹みが掘られていて、戸袋のようなその凹所に直径二メートル以上、厚さ五十センチほどの丸く平べったい石がおさまっている。「敵がはいってきたとき、この石をひき出して通路をふさぐ。石は通路をぴったりと閉じるようになっています」と聖職者は淡々と説明する。同じことを幾度も見物人に説明してきたから、というより、イスラム教聖職者の彼には、キリスト教徒たちの行動は縁遠いものなのだろう。

斜めに下がる通路をかなり下方に降りた。とっくに小さな丘の高さより下、つまり地面より下に、そして丘のふもとよりもさらに遠くまで来ているはずだった。どこまで行っても、分かれ道をどちらの方向に曲っても、同じような岩の中の住居、集会場の連なり。物静かな聖職者が珍しく笑いながら、壁に輪のような中空の突起の並びを指さした部屋は、敵の捕虜か罪人をつなぎつけておく牢屋のようだった。地上の岩窟を見て歩いていたときは、窓がわりの小穴から星々を眺めながらひたすら瞑想にふける静かな人々の姿ばかり浮かんだのだが、地下の牢獄は急にどぎつく人間くさいにおいを感じさせる。

書物によると、六世紀半ばごろからササン朝ペルシャがこの地方に攻めこみ始め、そのあとは片手にコーラン、片手に剣を握ったイスラムの軍団、続いてモンゴル高原の故郷から中央アジアを横切って移動してきたトルコの諸族がくる。十五世紀半ばに東ローマ帝国はオスマン・トルコに滅され、カッパドキアはイスラム教の海の中の小さなキリスト教の小島になるが、カッパドキアのキリスト教徒たちは、トルコ諸族と比較的よい関係を保ったという。同じキリスト教徒の十字軍がトルコの手に落ちたイェルサレム奪回のため、この地方にも攻めこんできたとき、彼らはトルコ軍と手を結んでいる。

裸電球の仄暗い光の中に次々と浮き出てくる地下世界を歩きながら、私はここのキリスト教徒たちが十字軍に背を向けたという歴史的事実の意味が、初めて実感として迫ってくる気がした。荒っぽい十字軍の略奪を嫌ったこともあるだろう。だが優勢なトルコ族と結ぶほうが生きのびる道だ、と彼らは決心したにちがいない。それはキリスト教徒としては完全な裏切りであり、歴史の現実を捨てて黙示録の世界に生きようとしたはずの彼らにとっては、明らかに自己矛盾でさえある。だが彼らは裏切りと自己矛盾の道を選んだ。それは地下に生き残るための大居住区をつくる決心をしたのと同じことだろう。

歴史的現実を最もいさぎよく捨てたきみたちは、歴史的現実の中を最もしぶとく生き残る道を選んだきみたちだ——と私は曲りくねって地底の闇の中に消えてゆく地下通路の前方を見つめながら、ひとり呟いた。

天を指す奇岩の写真を眺めながら初めて見も知らぬ土地を小説に書くほど強い感動を覚えた彼らの精神性が、いまじわじわと翳り汚れてゆくようだった。土木機械もなく手と鑿でこれだけの大居住区を掘り抜いた意志、それはあくまで生きのびようとする狂おしいまでの執念、はっきり言って慾だ。現世の生活の安定、便利、快楽を捨てて、それらの日常的な領域を最小限に切りつめることによって、最後の審判での再生を決意した信仰の救い難い堕落ではないのか。

「さあもう行かねばなりません」と聖職者が低い声で言った。私とセリムも出口に向かった。いや聖職者のあとについて行くだけである。彼がいなかったら、何時間さまよい歩いても到底出口まで行きつけない。同じ大きさの通路、大きさと用途はちがっても同じ色の岩の天井と壁と床の部屋。ただどんな小さな部屋でも少しも息苦しくない。通気装置が余程巧妙にできているのだろう。

外に出ると地表に戻ったというより、巨大な屋根の上に立っているような気がした。改めて足もとの地面、丘のたたずまいを見まわしたが、遠くに連なる丘と少しもちがわない。

「こんな地下都市がこのあたりでもまだまだあるはずだ、と彼が言ってます」とセリムが教えてくれる。地下都市は出入口をできる限り少なく、しかも目につかぬところにつくってあるので、稀な偶然によってしか発見されないそうだ。つい最近この近くの丘のかげで、ひとつ入口らしいものを子供たちがみつけたのだが、調査はされていない、と聖職者は言った。もしよかったら息子がその場所を知っているから、案内させる、とも言った。

私はセリムを通じて、丁寧に案内の礼を言い、その入口にも行ってみたいから息子さんの案内をお願いしたいと頼んだ。聖職者はうなずいて息子に何か言いつけた。少年は神妙な顔でうなずきながら聞いていた。別れの握手をした。今度も聖職者は左手だった。案内する間も、腕を上げて指さすときは左腕だったことを思い出した。

聖職者は足早に丘をおりて行った。左手だけが揺れている。「右手は義手ですよ。気がつきましたか」とセリムが囁いた。「この間のギリシャとのキプロスでの戦争のとき負傷したんだそうです。前は機械の技師だったそうですが、右手が使えなくなってイマームになったと言ってましたよ」

やがて元機械技師のイマームの声が拡声器を通じて流れてくるにちがいない回教寺院のミナレットが、あかあかと夕日に輝いて見えた。平和そうな村、そしてなだらかに優しく起伏する丘の連なり。

だがその穏やかな眺望の下には、信じがたいような執念が掘り抜いた地下の町が埋まっている。一瞬視界のすべてが、狂おしくうずく人間の暗い執念の鳴動を覆う薄く美しい膜に過ぎないように見えた。

丘をふたつほど越えた。少年は先に立ってしっかりした足取で歩いてゆく。夕日がかげって丘の蔭に薄青い黄昏の色が沈みこみ始めた。

「もっと遠いのならやめようよ」とセリムに言った。セリムは少年に尋ねてから、「もうすぐそこだそうです」と答えた。最初の丘と同じぐらいのそれほど大きくない丘の蔭を、小川が流れていた。小川のふちでも草が生い茂っているわけではない。赤っぽい岩のかけらがごろごろと転がり、茨のような鋭い棘のある青黒い草が突き立っている。

少年が立ち止まって小川の向こう岸を指さした。小川の流れが湾曲する突き当たりの岸が、えぐられたようなくぼみになっている。私たちは靴をぬいで小川を渡った。岸のくぼみはかなり広く、岩がごろごろしている。表からは岩のかげになって見えない奥まった隅に、直径五、六十センチほどの小さな穴があった。これまでだったら、単なる小動物の穴としか思わなかったにちがいないが、いまは、あの奥に巨大な地下の町があると実感できる。

ホテルを出るときセリムは懐中電灯を持ってきていた。さっきも地下都市の中で、彼は電灯の明りの届かない箇所を懐中電灯で照らしていた。その懐中電灯を渡してもらって、私は穴の前にかがみこむと中を照らしてみた。明らかに自然にできた穴ではない。底面は平で天井はカマボコ形にきれいにくり抜かれた人工の穴だ。穴はほぼ真横に真直に続いているが、弱い懐中電灯の光ではほんの入口しかわからない。奥は黒々と濃くよどんだ闇である。においはなかった。

急にひきこまれるような、呼び寄せられるような力を感じた。好奇心ではなかった。天をさす奇岩とそこに住みついた人々への想像が、アジアの東の端からこの西の端まで私をひき寄せたように、いま地下の町とそれを掘りぬいた人々の狂おしい意志が、穴の奥から私を呼ぶ。きょうの午前中まではそうではなかったが、いまは地上の奇岩の谷よりも、地下の迷路都市の方が、私を引き寄せる。天をさす岩に住みつくのはひとつの期待だ。だが地底を掘り進むのは、もっと暗くおぞましい何かである。恥ずべき逃避と退行の衝動だ。生きのびようとする生命そのものの盲目の力である。その力が妖しく私の意識の奥の暗い領域に働きかける。

サファリのコートのボタンをかけて穴の前に屈みこもうとすると、おとなしい少年が何か叫んだ。「そこに入っちゃいけないと少年が言っている」とセリムが伝えた。「どうしていけないんだ」と私は振り向いて言った。「悪い霊がいるからひとりで入ってはいけない、と父親がいつも言ってるそうです」

「大丈夫、ちょっとのぞいてみるだけだ」と私は答えて、右手に懐中電灯を持ち四つん這いになって穴に入りこんでいった。

四つん這いになって両掌と両膝でにじり進むだけで、顔を起こすこともできない。懐中電灯の鈍い光が穴の底面に散乱する岩のかけらを、どぎつく照らし出す。悪いガスのにおいもないが、空気がどこかに通じている気配もない。

背後からの入口の光がすっかり消えてから方向感覚が急速になくなった。右に行ってるのか左に行ってるのか、全くわからないだけでなく、水平に進んでいるのか下降しているのかも怪しい。十メートルほど進んだと思われるころ穴は急に右に曲がった。散乱する小石が膝頭に痛い。ほんの目の前だけを照らす光が、さきほどの地下都市の中と同じ赤茶けて粗い岩肌を照らし出している。

体が窮屈だ。どんな不意の危険にも体の位置と姿勢を変える空間の余裕のないことが、ひどく不安になる。多分道は下りになっているのだろう。無防備な背中の上にのしかかってくる重さの感覚がみるみる大きくなる。具体的な土と岩の重さというだけでなく、何か得体の知れぬ巨大なものの重さである。

それでもしばらくは、不意にもぐりこんでみようと思いついたときの、幾分浮わついた興奮が残っていた。だが幾ら進んでも直径五、六十センチの穴が少しも広くならないことが、いよいよ圧迫感を強めてくる。先程の地下都市だと入口の階段から十メートルもおりないうちに部屋に出た。漠然とそのことが頭にあったのだが、ここはただ四つん這いの穴だけだ。余程秘密の入口か逃げ口だったにちがいないが、千三百年か四百年の昔に、ひとりの男がやはり四つん這いの姿勢でこの穴を掘り進みながらどんな思いで鑿を振り続けたのだろう。残忍な異教徒の軍勢が迫ってくる、という戦慄に比べれば、この閉じこめられる恐怖など小さなことだったのだろうか。

いま急速に私の心の内部にしみこんでくる恐怖は、急に岩が崩れ落ちてきたら、といった具体的な危険感ではなかった。生命も感情も理性もない岩という物質が、ひしひしと自分を取り巻いている恐怖。母胎回帰といった幻想を、われわれは気安く口にするけれど、宇宙という暗黒の母胎の中に、このようにわれわれは閉じこめられているのだ。千三百年前の男は、この陰々と厚い物質の中でも、神の救いの力を信じ続けたのだろうか。いま私にそんなものはない、私は物質の実在しか実感していない。正しい行ないの人間が復活するとは毛頭信じていない。自分でもわからない盲目の力のままに、何とか生きているという状態を少しでも長びかせようとしているだけだ。善行への意志も、救いへの信頼も、自分の中には微塵もないことが、いまはっきりとわかる。周りのざらついた岩肌の感触が心にじかに冷え冷えと伝わってくる。眼前を照らすだけの安物の懐中電灯の鈍い光だけがひどく貴重だ。

だが、そっとおろした掌がひどく尖った石のかけらを押しつけ、反射的に手を引いた瞬間に、懐中電灯をとり落とした。光が消えた。あわててスイッチを繰り返し点滅し、接触が悪くなったのかと力一杯振ってみたが、光は戻らなかった。ついに闇の中だ。いままでどうにか抑えていた恐怖が、一度にふき出てきた。意識の光が消えて、意識下の暗黒にどこまでも落ちこんでゆく恐怖。

本当に四つん這いの姿勢のまま体全体がぐいぐい沈んでゆく。恐怖以外の何の観念もイメージもなく、ただ闇のなかを沈む。地獄の観念さえ少しも浮かびはしなかった。死ぬときがこうなのだろうか。いろんなことを読んだり考えたり話し合ったり書きつけたりしてきたはずなのに、そういう一切がいま何の力にもならない。いまにも奇態な叫び声でもあげそうな恐ろしさだけが、私である。幾ら大声で叫んでももう外までは聞こえないだろう。死ぬ恐怖ではなく、死の無意味、いや生存そのものの無意味の恐怖。

世界の終末を本気に信じて、この谷間に集まった人たちのことを考えた。それから千何百年、終末はこなかったし、最後の審判もなかった。ひどく痛切な思いが、急にひとり声をあげて笑い出したいような嘲笑的な感情とまじりあって、体の中を渦巻く。

終末と審判を信じて彼らはこの不毛の谷を生き、地下を掘った。彼らは壮大な虚構を生きたことになるが、私にそんな虚構はない。剥き出しの事実――物質と闇と無意味だけだ。

狭い穴の途中で体の向きを変えることもできない。私は四つん這いのまま後退を始めた。途中に横道のあった記憶はなかったが、もし別の道に尻から入りこんだら、と体じゅうが震えた。

やっと出口に出ると、外はもう薄暗くなりかけていた。だがぼんやりとでも物の形が見える薄明が、自由に顔を上げることのできる空間が、しみじみと心にしみる。

「どうしたんです。心配してました」とセリムが言い、少年もほっとした表情を示した。

「こわかった、こんなにこわい思いをしたことはなかった」と私は見栄もなく繰り返した。セリムも少年も笑っている。聖職者の息子にはもちろん、あまり熱心な信者ではないがとにかくイスラム教徒のセリムにも、この恐怖は説明できない。

乾いた道を歩いて丘を幾つもまわりながら、私たちはミナレットの聳える村の方へ引き返した。

偶然に目にした数枚のカラー写真から、想像と現実の中をいかに遠くまで来てしまったかと私は考えた。あの地下の闇の恐怖を越える何ものかを、せめて私ひとりのためだけの何らかの虚構、混沌に対抗できる何らかのかたちを、これから自分なりにつくり出せるだろうか。あと十年、いや五年かもしれない。カッパドキアの人たちも、地下都市にもぐって暗黒の日々を耐えたあとに、洞窟教会に残された数々の彩色壁画に代表される最も充実した時代を迎えたのだと、自分に言い聞かせたが、その人たちもいまはすべてどこかに消えてしまった……。

村に近づくと、うしろの方から黒や白や茶色やぶちの薄汚れた羊の群がメエメエと鳴きさわぎながら道を埋めて流れてくるのに出会った。牧羊犬が遅れかける羊に吠えかかっている。乾ききった土ぼこりがもうもうと舞い上がり、羊たちの強いにおいが立ちこめた。むせ返るようなざわめきと臭気。道の端に寄って羊たちを避ける。

土ぼこりと夕暮の向こうから、朗々たる声が聞こえてきた。日没の礼拝を先導するイマームの声だ。片手のない気弱そうなあの男の声とは思えない張りと艶のある力強い節まわしの声だったが、私にその意味はわからない。

昼と夜の境に立つ樹

ついさっきまで、針葉樹の連なりを見渡す限り金色の針の森にきらめかせていた夕日の光が、すっとかき消えるとともに、巨大な黒い翼にいきなり抱きすくめられたように、森も空も闇に包まれた。信じ難いほど濃く、しかも荒々しい気配にみちた闇だ。セミョーンはぐいとサングラスをはずすと、ハンドルの上にかがみこんで、フロントガラスの奥を見すえた。

車のライトだけが、乾いて荒れた道を両側からひしひしと押しせばめてくる針葉樹の、ざらついた灰褐色の幹を照らし出している。温帯の広葉樹林では地面に近い下枝ほどどっしりと張り出して葉も茂っているが、ここ北シベリアの大針葉樹林地帯の樹は、乏しい日光を求めてひたすら上へと伸び続け、下の方には枝も葉もない。幹もただひょろ長く高い。光と熱だけでなく、重力までが乏しいように見える。日のさしこまない地面に、灌木も下草も育たないので、あかぎれのような肌の幹の並びだけが、車のライトの中に凝然と剝き出しになっていた。

まだ日のあるうちでさえ、幾ら走り続けても少しも変わらぬそんな針葉樹林の連なりだけだったのに、車のライトがとどく範囲しか見えないいま、まるで同じ場所で車輌がいつまでもからまわりを続けているだけのようになる。方角の感覚など、とっくになくなっていた。

カーブも起伏もないほとんど真直な道なのに、ハンドルを握りしめたセミョーンの両手が強張《こわば》って震えていた。ひと言も口をきかない。道を間違えたらしい、と気付いたが、私も黙っている。

森林を切り開いて作られた森林小動物（銀ギツネやテンなど）飼育センターを見学した帰り、案内役のセミョーンが来たときと別の道をとったのだった。道に迷ったりして日暮れまでに町に戻れないと大変なことになる——と不安がった私に、セミョーンは昂然と言った。

「たしかにシベリアの森は怖ろしいところだ。だがおれはここで育ったエベンキだぜ。エニセイ川からレナ川まで、自分の庭みたいなものだ」

それから声を落としてつけ加えた。

「来たときと同じ道を帰るのがきらいなんだよ。子供のときから。なぜかよくわからんが。多分人生に決まった道があるなどと思いたくないからだろうな」

実は私もそうだった。通学、通勤に毎日同じ電車に乗るのがいやで、よくまわり道をして帰った。どうしてか深く考えたことはなかったが、セミョーンの言う通りなのかもしれない。そう思いながら、初対面のときからこの男に感じてきた親近感を改めて意識したのだが、東京で別の地下鉄に乗るのと、シベリアの森の中で舗装もなく自動車がやっと走れる程度の古く怪しげな道に入りこむのとは、大違いだった。

セミョーンはエニセイ川沿いに森を切り開いて作られた新しい町——製材、パルプ、非鉄金属精錬などの工場と、コンクリートの肌むき出しのアパート群だけの文字通りの建設の町で、国営通信社の通信員を勤めている。東北シベリアの原住狩猟民エベンキ族（旧称ツングース族）の出身だが、ハバロフスクの専門学校を出ていて、完璧のロシア語を話す。ということは、同じこの地域の狩猟民でもヤクート族などに比べて現代生活への適応が遅れているといわれるエベンキ族の中では、たいへんな〝インテリ〟ということになる。

実際、エベンキ族の実験農場や小動物飼育場で、革のジャンパーの襟からしゃれたスカーフをのぞかせ、金縁のサングラスをかけたセミョーンに、同族の人たちは一目も二目も置いている態度だった。壮年というにはまだ若さの名残りをとどめている年齢なのに。

といって、セミョーンには彼のような場合にありがちな傲慢さも、無理に気負った態度もみられない。イルクーツク経由で私が急造の飛行場に着いた最初の時から、意外なほど親身に細かく気を使ってくれ、自分で車を運転しては不便な僻地の案内を、実に熱心に果たしてくれている。同じ東アジアの、恐らく何万、何十万年前は血がつながっていたにちがいない種族同士の親近感からだろうと思っていたら、あるとき急にはにかんだ笑いを浮かべながら、実は自分も詩を書いているのだ、と打ち明けた。モスクワからの連絡で、私が小説を書いていることを、事前に知っていたのである。

その彼が、いま別人のように緊張し始めている。フロントガラス越しに闇の奥を見すえるその横顔に、次第に精悍な狩人の、こわいようなきびしい表情が現われてくる。これまでずっと、夜もかけ続けていたサングラスをはずした素顔は初めてだ。漠然と想像していたより、ずっと暗く鋭い目つきだった。

と、目尻が上がって頬骨の張った浅黒く男らしい顔つきに似合わぬ怯えの影が、緊張しきった表情の奥を走る。

「ガソリンは大丈夫か」

と声をかけると、前方をにらんだまま、怒ったように答えた。

「予備のガソリンをもたないで森に入りこむ馬鹿は、シベリアにはいないよ」

すでにかなり乗りまわしたらしい旧式な車のエンジンは苦しげに喘いで、車体もきしみ続けていたが、彼はますます速度をあげる。

隙間風がカミソリのように吹きこんでくる。秋の初めといっても、日中でも東京の真冬に近い寒さである。日が落ちるとともに、外はすでに氷点下に下がっているだろう。闇が硬く透きとおってくるようだが、見えるのは幾ら走っても、かさぶたが重なり合ってひび割れたような幹の並びだけである。

飛行機の窓からただ息をのんで眺め続けた大森林の、信じ難いほどのひろがりが、改めて恐怖とともに浮かんでくる。地の果てどころか天の果てまで連なっているかのような、針葉樹の海だった。

いっそいまからでも後戻りした方がいいのではないか、と幾度も声をかけようとしたが、自尊心のためか怯えのためか、別人のようになったセミョーンの全身の気配に気おされて、私はただ無限の闇と、揺れるライトの光の中にわずかに照らし出される乾ききった泥の道と、幹の並びを見つめ続けるしかない。

「むかし通ったことがある道のつもりだったのに……」

やっとセミョーンが口を開いた。

「こんなことが……おれの勘が狂うなんてことがあるはずがない……」

がくりと肩が落ちるとともに、車の速度も落ちた。ライトの先を、テンかキツネか小動物が素早く横切るのが見えた。小さな目が不気味に青く光って消えた。

「諦めて戻ろう。きみのせいじゃない。あの飼育場まで引き返せば、何とか泊めてもらえると思う」

やっと私は考え続けていたことを口にしたが、セミョーンは力無くハンドルに片手だけを置いて、肩で息をしている。

「戻る?」

頬に薄笑いのような影が浮かんだ。

「戻るなんて、おれがもうエベンキではなくなりかけている、ということじゃないか。このおれが道に迷うなんて。いや、森がおれを迷わせる。森が教えてくれない」

「そんなことじゃない。車の向きを変えて、あとは一本道だったはずじゃないか」

セミョーンは初めて私の方に顔を向けた。薄暗くて笑っているのか泣き出しかけているのかわからない。ただ、上瞼が重く目尻の切れ上がった両方の目の感じがちがう。片目は熱を帯びたようにぎらついて見えるのに、もう一方の目玉が冷たくて動かない。義眼だったのか。

「それでも、あんたは……」

かすれた声で、私の顔を見すえて言いかけた。そのまま後は続けなかったが、恐らく、あんたは作家なのか、と言おうとしたのだろう。ひと呼吸してから、声を低めて呟くように言った。

「これは車の問題なんかじゃない」

速度を落とし続けてきた車は、ほとんどとまりかけていた。セミョーンは正面に向き直ったが、本当に前方を見ているかどうかわからない。ハンドルに置いた両手が震え、ジャンパーの肩が大きく上下している。

エンジンはかろうじて低くうなっているが、そんな音など圧しつぶすような、太古のままの静寂と闇である。このあたりの台地が、地球上で初めて出来た陸地だった、ということを今朝方、セミョーンから聞いたばかりだ。地球上で最も古い土地に垂れこめ続けてきた亡霊のような闇。

風はないらしく、ライトに照らし出される針葉樹の貧しいわずかな下枝は、闇に凍りついたように全然動いていない。幹の上の方は、鋼鉄の切り口を思わせる硬く冴えきった夜空に溶けこんで、星がふたつ三つ思いがけなく近々と青白く光っていた。

いきなり、セミョーンが上体を起こしてハンドルを握り直すと、アクセルを踏みこんだ。床下でギヤがきしんで、車は急に全速力に近い速度になった。ライトの視野が激しく揺れる。

「どうしたんだ」

と私は思わず叫んだが、もうセミョーンは振り向きもしない。不意に何かにとり憑かれたような彼の変わりように、私は驚くより体が震えかける。普段は賢く親切でしかも細かく気のつく彼だけに、その突然の変化が恐ろしい。それもこんな夜の大森林の中で。

本当に彼がおかしくなったのなら、私は車を運転できない。こんな全速力でやみくもに走り続けて、ガソリンが切れるか森に突っこみでもすれば、凍死するしかない。髪も目も黒く皮膚が黄色の同じ東アジア人種だからといって、詩や小説を書くからといって、そんなことは表面だけのことに過ぎなかったのではないか。

一体どっちの方角に走り続けているのか、全然わからない。もしかすると森の中をぐるぐるまわっているだけなのかもしれない。町の明りなどはもちろん、灯ひとつ、ちらりとも見えはしなかった。目じるしになるようなものは何ひとつありはしない。せめて頭上の空でも大きく開けていたら、星座で方角の見当をつけることもできたかもしれないが、どれだけ走ってもいぜんとしてひょろ長く伸びびっしりと密集した樹々にはさまれた道の上に、星空もひとすじの細い闇の裂け目でしかなかった。

セミョーンはハンドルを握りしめ、アクセルを踏み続けて、振り向きもしない。二、三度声をかけたが、興奮しきった彼は本当に聞こえなかったようだ。ただ狂ったように見えても、車の運転に狂いはなかったし、ボロ車も結構走り続け、私も一時のこわさを通り越した。なるようになれ、という投げやりな気持と、なるようにしかならないんだ、という居直った気分とがまじり合って、自分でも意外に動悸は鎮ってきた。何かとてつもなく深いものにのみこまれ、溶けこんでゆくような、いや、自分の中の暗く奥深い部分がふしぎな生気を帯びてくるような、思いがけない気分だった。

もしかすると、セミョーンにとり憑いたと同じ大森林の魔性が、私にもしみこんできたのかもしれない。手脚と背骨はほとんど一日じゅうボロ車で揺られ続けた疲労と隙間風の冷気でしびれかけているのに、体の奥の方はかえって熱っぽくうずいている。まるで味も素気もないのにアルコール度だけ滅法に高いシベリアのウォトカを、のどの奥に流しこんだような状態だった。

もう時間の観念も薄れかけたころ、車が速度をゆるめたかと思うと、ライトの視界がいきなり開けた。

「どうした、セミョーン、何だ」

私が叫ぶと、セミョーンは意外に落ち着いた声で答えた。

「小屋、エベンキの小屋だ」

空地の中に森を背にして、半ば崩れかけた丸太小屋がライトに照らし出された。屋根らしい屋根もなく、大型の車庫のような平べったい四角の小屋で、全体がかしぎながらかろうじて立っている。いや、まわりの森の迫力に圧されながらも、しぶとく地面にへばりついていた。

「間違いなかった。さっきもうどうしようもないと思ったとき、見えたんだ。不意に、ぼんやりと、心の奥にな、この小屋が」

セミョーンは車を小屋の直前でぐいととめると、薄暗がりでもはっきりわかるほど、にやりと笑った。

「むかしはトナカイの群を追いながら、みんなテントを持って歩いたんだが、この頃はこんな小屋を森の中やツンドラの上に作ってある。忘れてたんだよ、そんなことを」

「だがこんなぼろ小屋より、車の中の方がまだいいんじゃないか」

「エベンキは小屋を使うと、あとの者のために必ず薪を残してゆくんだ」

彼のあとについて車を降りた。途端に思いきりひっぱたかれたような痛みに近い冷気が頰を刺す。それほどの空地ではないのに、闇を丸く切り抜いたような頭上の夜空に、ひしめくばかりの星だ。しかもそのひとつひとつが、八方に突き出した氷の棘のように白々と光芒を放っていた。

その青い星明りを浴びて、まわりの森の針葉樹の一本一本が、鉄棒に針金を埋めこんだオブジェのように見える。下草のない剝き出しの荒れた地面に、それらが一面に、ただ突き立っていた。磁石の上に振りまかれた砂鉄の細片がいっせいに逆立つように。

錠も掛金《かけがね》もない分厚い板戸が、鈍くうなるような音をたてながら重く開いた。中には動物の脂か油煙のようなにおいを帯びた闇が、冷え冷えとよどんでいた。セミョーンがマッチをすったが、赤く小さな焰の光は彼の手もとを照らすだけでひろがらない。私がライターをつけて、やっと小屋の隅に薪の束を見つけた。

小屋の中央に浅い穴が掘ってあって、石で囲んである。セミョーンは薪と小枝を巧みに積み重ねて火をつけた。乾ききった薪は意外に早く強い焔を放ち始めた。

焔がみる間に闇を圧し広げた。内部は外から見たほど荒れていないようだ。壁は荒削りの丸太が隙間なく組み合わされていて、トナカイの毛皮が何枚もぶら下がっていた。セミョーンと私はそれぞれに毛皮を取って、一枚を背中に羽織り、もう一枚を炉端の地面にしいた。毛皮は強い臭気を帯びていたが、ひどく暖かい。

ふたりとも無言だった。火をはさんで毛皮の上に坐りこんでからも、しばらく黙っている。薪だけが勢よくはぜて燃え、丸太の壁のでこぼこの表面で、大きくいびつな影法師がゆらゆらと揺れた。

体が温まりだしてから、少しずつ冷えと疲れはゆるみ始めた。だが頑丈な丸太の壁にもかかわらず、果てしない森と闇にひしひしと囲まれているという頼りない思いは、かえってじわじわと心の中をひろがってゆく。

セミョーンも不安そうだった。自分の写真をやたらと壁に貼った通信社の支局の事務所、騒がしいホテルの食堂、実験農場、小さな劇場、無名戦士の記念碑のある公園など、どこでも彼は若々しく陽気だったのに、いまじっと焔を見つめて蹲っている彼は、ひどく老けこんで見えた。表情が暗く物悲しい。目だけが（片方だけ）苛立っている。片方の目が義眼だとはっきりわかる。

動物の毛皮をかぶり胸に太鼓をぶら下げた異様な目つきの老人――どこかでそんな写真

を見たことがあった。何族だったかわからないが、確かシベリア狩猟民の祭の写真だった気がする。原始の闇にひきこまれるようなおぞましい思いと、ふしぎな親近感を覚えた記憶が、ぼんやりと甦える。いつもかけていたサングラスをはずした素顔のせいだけでなく、体全体、姿勢と目つきから、彼がエベンキだったと、いま初めて気がついたようになまなましく感ずる。これまでも彼は決してそれを隠そうなどとはしていなかった。それは確かだ。だが道に迷い始めてから、彼から一枚も二枚も何かが剝げ落ちた。

「こうやって朝を待つのも悪くないよ」

私はわざと陽気にそう話しかけたが、セミョーンは私の方を振り向きもしないで、ひとり言のように別のことを言った。

「子供のころのことを思い出すよ」

だがしみじみとした口調ではない。どこか突っかかるような暗くざらついた声である。

「エベンキは一家族あるいは数家族の小さなグループで、トナカイの群を連れて森の中を放浪して歩く。夏は北の方へ、冬になると南に下がってくる。トナカイが苔しか食べないから。どこまで行っても森、森、森。大森林の果てはツンドラしかない。苛酷な生活だ。町に住むようになってからも、森の中をさまよう夢をみてよく夜中に目をさましたもんだ。そして町の中、屋根と電気のある家の中に寝ていることに、ほっとする。おれは町が好きだ。明るいところが好きだ。森も闇も大嫌いだ」

そこでひとりでに大声になりかけた声を低めて、ぼそりと言う。

「こわいんだよ」

「わかるよ」

私は共感をこめて相槌を打ったつもりだったのに、途端に彼は顔を上げて私をにらんだ。

「たった一晩、森に迷ったからか。あんたにわかるものか。あんたにとって闇は暗がりでしかない。森も樹が生えひろがっているだけだ」

「完全にわかるとは言わない。だが闇が単なる暗がりだけじゃないことは知っているさ」

セミョーンは苛立って顔を震わせた。

「あんたには見えはしないよ。おれたちにとって、森とは精霊の生きているところだ。天地を創った至高の霊から、祖先の霊、偉大なシャーマンたちの霊……」

そうだ、動物の皮をかぶって踊っていたのはシャーマンだった、と思い出す。

「それだけじゃない。死人たちの霊。これから人間に生まれてくる霊、人間の体からさまよい出た霊、人間にとりつこうとねらっている邪悪な霊、トナカイの霊、クマの霊、キツネの霊……森は数えられない霊たちでみちている。大昔からエベンキがこの荒れ果てた大森林の中を生きてこられたのも、そういう霊たちと常に一緒だったからだ。そうでなかったら、おれたちはとっくに、さびしすぎて、生きるのがつらすぎて、みな狂ってしまうか、モミの枝に首を吊ってしまっただろうよ」

「じゃあ、そんなに親しい霊たちの生きている森が、どうしてこわいんだ。悪い霊もいるからか」

まるで私をおどかすように、セミョーンが奇妙な抑揚をつけて霊を並べたてたことに苛立って、私は意地悪く言い返した。実際、彼が霊を並べあげてゆくにつれて、心の奥の方で、いや心の中にひしひしと感じ続けているまわりじゅうの闇の奥で、気配のようなものがそっとうごめき出すのを覚えもしたのだった。

セミョーンはじっと私を見つめた。焰が彼の黒い目の中で小さく揺れている。まともな方の目の中でも、悪い方の人工の眸の中でも。

すっと彼が目を伏せる。額のしわがはっきりと見えた。こんなにしわがあったのか。俯いたまま手にしていた小枝を、セミョーンがぽきりと折った。火に投げこむ。灰が上がる。物悲しい目つきだ。

「あんたはどんな小説を書くんだ?」

やがてぽつりと言う。

「どんなっていきなりそう言われても……」

と私は口ごもる。セミョーンは腕を組んで焰を見つめたまま、じっと答を待っている。

「ロシア語に飜訳された短篇もひとつある」

「早速読んでみよう」

「でもあれはもう何年も前のものだ。いまは、そう、何かを探している。そういう小説を書く。旅の小説、心の中への旅、何かが心の奥で動いている……だがよくわからない」

「でもあんたは書けるからいい。おれは書けない。いろんなものが見えないんだ。前は熱心に書いた。モスクワの雑誌にものったことがある」

「どんな詩だ、朗誦してくれないか」

一瞬セミョーンは顔を起こして息を大きく吸いこみかけたが、がくりと肩を落とした。

「だめだ。できない。つまらないものだ」

「恥ずかしがることなんかないじゃないか」

「あんたにじゃない。自分に恥ずかしいんだ。詩らしい格好にはなってた。だがおれの本当の心、あんたがいま言った心の奥の何かをうたってはいなかった」

にがい声だ。またぽきっと音をたてて、小枝をへし折る。そのあと大森林地帯の静寂はいっそう荒涼とすさまじい。

やがてセミョーンはゆっくりと顔をあげてニヤリと笑ったが、泣き笑いのようにも見えた。

「詩のかわりに話を聞かせるよ。おれがよく知っているひとりの、哀れな、いや、愚かな少年の話だ」

そこで言葉を切って、セミョーンは上の方を見上げた。炉の煙で天井（といってもそのまま屋根だ）の中央部は黒々と煤けている。星のない夜空のようだ。そこを見上げながら、静かに目を閉じた。

「少年がいた。同じ年頃の男の子たちはソリで走りまわったり、キツネの穴を探したり、猟銃の練習をしたりするのに、その子はひとりでじっと物思いにふけるのが好きだった。とくに夕方、丘や崖の端に坐って、大森林の果てに沈んでゆく夕日を眺めるのが好きだった。いろんなことを考えたり、空想したり、思い出したり、歌や物語をつくったりした。あの遠く夕日の沈んでゆくあたりには何があるんだろうかとか、自分はどこから来たんだろうかとか、こんな大森林は誰がつくり出したんだろうかとかね。夜は夜で夢ばかりみた。いろんな夢を。だがこわい夢の方が多かった。さまざまな霊が、彼の夢の中を飛び交った。老人たちの話、とくに霊の話を聞くのも、とても好きだった。ひと口に言えば、変わった少年だった。他の子供たちからいじめられたり嘲けられたりもしたが、彼自身は不幸ではなかった。むしろ夕日を眺めながらひとり物思いにふけっているときなどは、とても幸福だったんだ」

目を閉じてしゃべり続けるうちに、セミョーンの声から先程までの苛立ちが消えていた。

「退屈じゃないかね」

そっと目を開いて尋ねた。私は黙って首を振った。

「ところが十三歳を過ぎて間もなく、突然、強い霊が少年にとりついたのだ。いつものように丘の上から夕日を眺めていたときだった。まるで少年自身が考えるように、その霊は言った——あの夕日が沈んでゆくところが昼と夜の境で、そこに一本の樹が立っている。天までとどく高い高い樹、世界を支える樹だ。九本の枝が出ていて、その枝毎にカラスの巣がびっしりと並んでいる。シャーマンが死ぬと、その霊がその巣に運ばれてくる。翼のある牝トナカイが巣のまわりを飛びまわりながら、乳をのましてその霊を養う。霊が小指ほどの大きさに育つと、カラスがそっと足でつかんで下界に飛んでゆき、女の髪の中に落とす。シャーマン霊はその女の腹の中で続きを育って、再び生まれてくる。少年よ、おまえもそうして生まれてきたんだ。おまえは有名なシャーマンの生まれ変わりなのだ。さあ、おまえはいよいよ、両親のテントを出て、きょうだいと親類たちに別れを告げて、シャーマンになるための修行に出てゆく時が来た。少年の心の中で、霊ははっきりとそう言った」

セミョーンの話は一語一語深い情感がこもって、ほとんど悲しげでさえあった。心にしみるような思いで、私はそのふしぎな話に聞き入った。もし町のホテルのバーででも、これを聞いたのだったら、私はこれほど心を動かされはしなかっただろう。

「ありがとう。セミョーン、とてもいい話だった」

私は感動のままにそう告げた。だがセミョーンはそっと首を振った。

「これはつくり話ではない。本当にあったことなんだ。それにまだ話は終わってない」

「その少年は立派にシャーマンになったんだろう」

「あんたがシャーマンについてどれほど知っているかわからないが、シャーマンというのは実に苦しいことなんだ。危険きわまりないことでもあるんだ。幻覚症でも魔法使でもない。外に迷い出た病人の霊を森じゅう探しまわり、体や心にとりついた悪い霊と血みどろに争って追い出し、死者の霊を天まで送り届け、地下にひきずりこまれた霊を引き上げなくてはならない。シャーマン自身は自分を狂わせないで、脱魂状態に入らなければならない。他人のために、同族のために。いつ、どこでも、自分の体の具合や気分の状態がどうあろうと、たちどころに自分の霊を自分の体から引き離さなければならないんだよ。無事やりとげたあと、全身全霊の力を使いつくして、ぐったりと、みじめに死んだようになってしまう」

セミョーンの口調は沈痛なひびきさえ帯び始めた。

「そういう特別の能力が生まれつきそなわっている特殊な人間がなるのだと思っていた」

「特殊な能力もある。血筋もある。その少年も父親はちがうが、母方の祖父がシャーマンだった。だが生まれだけじゃない。修行がいる。きびしい修行だ。正式にシャーマンになる儀式のことを聞いたことがあるか」

私は知らなかった。

「骨がばらばらにされる儀式だ。霊たちが候補者の体を生きたまま引き裂いて、骨から肉をこそげとり、その肉をむさぼり食ってしまう。最初に切り取られた頭が、自分の肉を食われるところを見続けるんだ。それから霊が骨を元のようにつなぎ合わせる」

「そんなことがあるもんか」

私は驚いて叫んだが、セミョーンの声も表情も変わらない。

「おれは一度だけその儀式を見たことがある。実際には候補者は失神している、いや呼吸さえほとんどとまる。だが再び生き返ったとき、彼の横たえられていたベッドも衣服も、ぐっしょりと血まみれだった」

「…………」

声には出さなかったが、鉄と針の連なりとばかり見えた大針葉樹林の光景に、赤黒い血のにおいと感触がじわりと滲みひろがるような戦慄に襲われた。静寂そのものの闇に魔的な気配が息づき始める。

「それであんたは森をこわいと言ったんだな」

「いまは少年の話だ。もちろんエベンキの少年はそういうことを全部聞き知っている。そういう血まみれの苦行が待っている、と少年は告げられたわけだ。それだけじゃない。本当のシャーマンが誕生するとき、その霊の力を補強するために、身近な者が幾人も死ぬとも言われている。孤独な少年だったが、少年は家族を、親しい者たちを心から愛していた。もしあんただったら、自分の運命を成就するために、愛する者たちを平気で犠牲にできるか」

ふたりはじっと目を見合わせた。炉をはさんで。燠《おき》になった火が音もなく赤黒い光を放っていた。

私はわかった。セミョーンの表情が苦し気にゆがんだかと思うと、つと視線をはずした。

「そう、逃げたんだ。少年にはできなかった。森の奥からロシア人の町へと走り続けた。だが霊から逃げることはできない、世界の果てまで逃げたとしても。少年が森を抜けてやっと町が見え出したとき、急に足をうしろから何者かにつかまれたように動かなくなった。どうもがいても叫んでもだめだ。体には弾みがついているから、自然に前に倒れる。倒れながら、少年は草原の地面から枯枝の先端が突き出ているのを見た。錐のように尖った小枝だった。小枝はもう目玉の真前だった。ひどくゆっくりと、小枝は少年の片方の目玉の真中に突き刺さった」

尋ね返す必要はなかった。セミョーンの片方の目で、義眼が冷たく光っていた。そして他方の目からは、話し始めたときの静かな輝きがいつのまにか消えて、暗い影が小刻みに震えていた。

「ありがとう、セミョーン、とてもいい話だったよ」

私は同じ言葉を、前よりいっそう深く心をこめて言った。

本当にセミョーンの話を聞き続けながら、私の心は奥に向かってあやしく開いてゆくようだった。セミョーンの感傷が、恐怖が、悔恨が、不安が、同調してきて、私自身の中にも様々な想念が、ほの暗く渦巻いて微光を発し始めた。

私の少年時代もこの男とそっくりだったことや、旧約聖書の預言者たちも神の召命の声から鯨の腹の中まで逃げ続けたことや、意識は張りつめながら意識下の魂の暗い諸力に身を委ねねばならないシャーマンの生涯は、芸術家のそれと同質ではないかという驚きや、霊の働きがひとりの人間の心で働き出すと否応なく周囲の人たちを巻き添えにしてしまうのだという悲しみや……そんな切れ切れの思いが重なり合い溶け合って、ひとつの大きな憂愁の気分がひたひたと私の心を浸しつくすとともに、遠くかすかな光景がひっそりと浮かび上がってきた。

荒涼と草は枯れ、赤土の地面はざらざらに乾きあがった野の中に、一本だけ高い樹が立っている。葉の落ちつくしたポプラの樹。美しい紡錘形にそそり立ったその白っぽい幹と細枝を、いま落ちかかる夕日が赤々と染めていた。まわりに他の樹は一本もなく、その樹だけが真赤に染まって、静かな炎が天に向かってゆらめき昇っているように見えた。そして数知れぬカラスの群が、その巨樹のまわりを飛びめぐりながら、鳴き立てていた……。

敗戦の年の冬の初め、朝鮮半島を南下する引揚げ列車の、鉄棒のはまった貨車の小窓から見かけた光景だった。駅もないところで何時間も停車したりしながら、人間を詰めこんだ家畜輸送用の貨車の列は、何日もかかって朝鮮海峡の港までどうにか辿りついたのだが、その間の沿線の風景の記憶は、その荒涼たる冬枯れの野のポプラしかない。その夕暮の光景だけが、まだ十代だった私の心に、強く焼きついたのだった。

本土に着いてから何年も、私は自分が自分でなくなってしまったような不安の日々を過ごしたが、それはあのとき自分の魂を、あのポプラの枝に残してきたからだったのだ、とセミョーンの話を聞きながら、ぼんやりと思った。二十歳を幾つか過ぎてから、焼跡の首都の大学に通っていたある夜、その不安を文章に書くことを一生の仕事にしようと不意に決心したのも、ポプラの巣に残してきた私の魂を、カラスが夜空を飛びながら私の頭の上に落としていったのだ、と。天のカラスなら夜の闇をどこまでも飛べるはずだし、あのときポプラのまわりを飛び交っていたカラスは、大きくて真黒な普通のカラスではなく、腹と肩が白くて尾の長い朝鮮ガラスだったが、朝鮮ガラスとはカササギのことで、カササギは昔から天の使いである。

私も私の昼と夜の境に立つ樹を見たんだ、と私はセミョーンに言った。思いがけないところで思いがけなく甦った遠く深い記憶におののきながら。

「だけど、セミョーン、ぼくも逃げたんだよ。自分の運命から」

本気に小説を書き出したのは、四十歳に近くなってからだった。

「いや、いまだってまだ逃げ続けているのかもしれない」

本当に内なる霊の声に身を委ねきっているとは言えない。骨はばらばらにされ、肉をむさぼり食われるような苦痛を耐えたとは言えない。自分の霊の目が感じとる気配を、ほの見る世界を、まだ書ききってはいない。

セミョーンは毛皮を頭から引っかぶって、黙って小枝を折り続けながら聞いていた。炉には燠が盛り上がって真赤になっているのに、凍るような大森林の闇は、隙間のないはずの丸太の壁から容赦なくしみこんできて、蹲った背中のすぐうしろまでしんしんと迫ってくる。毛皮にこもった動物の濃い臭気、小枝を折り続けるセミョーンの正確な手の動き、そして私の心の奥の、まるで自分のものではないような深いうごめきだけが、この果てしない森と闇と冷気の圧倒的な静寂の中で、生き動きそして自分を越える何かをつねに求め続ける、いのちという奇妙な存在——はかなくあいまいでいまにも吹き消されそうにみえながら永遠の影を宿しているものの手ごたえを、証しだてているように思われた。

いや背後は死の静寂だけではなかった。いつのまにか風が吹き始めたらしい。耳をすますと、森がいっせいにざわめく気配が感じられ、戸口ががたがたと音を立て始めた。屋根で風が鳴る。

「精霊たちが騒ぎ出した」

とセミョーンが枝を折る手を休め、あらぬ遠くを見つめる目つきで呟いた。

「夏の間、北方のツンドラにトナカイを連れて行っていたエベンキ達が戻ってくるんだ。おれには見える。たたんだテントをそりに積んで、子供たちも乗せて、トナカイの群を追いたててくる人たちの姿が。群の背後が真白だ。もう北は雪が降り始めているらしい」

夜が明けると、私たちは燠に厚く灰をかけて小屋を出た。ちらちらと雪が風に飛ばされてきていた。

「セミョーン、あんたが見たとおりだ」

と私は驚いたが、彼は黙って小屋のうしろの森に入り、せっせと枯枝を拾い集めて自分たちの使った分を補充した。

深夜よりさらにきびしい冷えだった。見えない無数の針で、顔を、首すじを、手の甲を刺されるようだったが、心は張りつめてたかぶっていた。セミョーンもすっかり落ち着いて、しかも元気だった。

「この道を行けばエベンキたちに出会うはずだが、行くか。おれが間違ってたら、もっと大森林に迷いこむかもしれないが」

まだ薄暗い森の奥へと入ってゆく道の彼方を見すえながら、セミョーンは言う。

「シャーマンを信ずるよ」

微笑したつもりだったが、冷えた顔の皮膚が強張った。

冷えきっていたエンジンがやっとかかると、私たちは出発した。道にはまだ雪は積もっていないが、針葉樹の梢の方は白い針の並びに変わり始めている。小屋の前の空地では、一面に低く雲に覆われた空の幾らか薄明るい方が東なのだろうと見当もついたが、森に入るともう方角はわからなかった。真直なのかカーブしているのかさえわからぬ一本の荒れた道の行手に従うより仕方はないのだが、もう昨夜のような頼りない不安はなかった。むしろ自分でもよくわからぬ予感がうずいていた。

間もなく台地の端に出た。針葉樹林はなだらかに傾斜して低くなり、さらに見渡す限り広漠と連なっていた。地平線のあたりはほの白く煙って見えない。その方角で雪は本降りになっているようだ。

ことし初めての雪だが、例年より少し早い、とセミョーンは言った。雪は地平線の彼方からゆっくりと近づいてくるらしい。遠くの方から青黒い樹林のひろがりが、次第にうっすらと白く染まって灰色の空と溶けつながり、空が沈みこんでくるようにも、逆に森と大地が空にせり昇ってゆくようにも思われた。茫々と壮大な眺めだった。

「ここで待とう。この斜面を登ってくるはずだ」

とセミョーンは言った。車の外に出た。実際の気温よりも、白い空と森がみるみるひろがって視界を埋めてくる光景の方が、冷えを感じさせた。だが外からの冷気で、顔面や手の指がしびれてくるにつれて、かえって心の中は暗い生気が渦巻きだすようだった。かけ放しのエンジンの低く喘ぐような音のほか、一切の物音がしないのに、大編成の交響楽があたりじゅうで鳴りひびいている気がする。腹の底にこたえるようなシンバルの連打、地面の底からひびきのぼってくるような重く低いコントラバス。そしてふっと、地球上で最も古い台地の沈黙が、エンジンの唸りさえかき消して、天と地を凍りつかせる。

ふたりとも言葉もなく立ちつくしていた。雨雲の移動とともに夕立が視界の一部だけに降るように、雪の本降りの箇所を移動してくる。雪が移動しながら降るのを見るのは初めてだった。純白の部分、うっすらと白い箇所、暗灰色の低い雲、薄明るい灰色の高い雲と、茫漠と白っぽい視界が微妙に変化した。

黙って眺めながら、セミョーンはいつのまにか足踏みしていた。足が冷えるからだろう、と思っていたのだが、その足踏みの調子が次第に早くなるとともに、上体も拍子をとってゆすり出した。さらに両腕も体から離して動かし始めたので、どうしたんだ、と私は驚いて声をかけた。だがセミョーンは答えないどころか、振り向きもしない。見えない地平線のあたりを、一杯に目を見開いて見すえたまま。

少し気味悪くなってもう一度声をかけようとしたとき、すでにかなり早くなっていた体の動きをいっそう激しくしながら、いきなりセミョーンは奇妙な節をつけて歌い始めた。歌というより、詩の朗誦に近い。最初は低くひとり言のようだったのに、たちまち力強い声になった。ふしぎな威厳のあるいい声だった。セミョーンにこんな声が出せるのか、と私はびっくりしながら、別の人間の声のようなその声、単調だが独得のその節まわしに魅せられていった。

いまそこの上に、小さなアヒルのような精霊がいる。
いまそこで、彼らは語り合っている。
いまそこで、があがあ話し合っている。
キュンチ霊がちょうど地面から現われた。
いま天に、アヒルぐらいの精霊と、雲ほど大きい精霊がいる。
いま天の川原で、石たちの声が聞こえる。
いまおれに、トナカイ霊の頸が見える。
いまおれは、地上に冬が訪れるのを見ている。

そこで次第に高揚してきた調子が急に沈みこんだと思うと、腹からしぼり出すような悲しげな声になった。

シャーマンの道は、一歩一歩進むしかない。

いつになっても、おれは地上に目をやるとき、震えがとまらない。
シャーマンすることは、苦痛以外の何ものでもないんだ。

そう歌いながら、本当にセミョーンの全身が小刻みに震え出した。表情がひきつり、声がしわがれた。彼が即興でつくった詩なのか、それとも古くからのシャーマンの歌なのかはわからないが、その詩あるいは歌の壮大な世界は、いま私たちの眼下にひろがる大森林の圧倒的な迫力に匹敵するものだった。たとえ彼の即興詩だとしても、詩が書けなくなったはずの彼にいま歌わせているものは、彼個人を越える大きく深い力、シャーマンの霊だ、と私は感じた。

そうして大森林が決して泥と鉄柱のような樹木だけでないこと、様々な霊にみちていること（邪悪な霊もだ）、この苛酷で圧倒的な大自然の中を、忍耐強く繊細で想像力にみちた人々が生き続けてきたこと、それは本来、生命などというものとは無縁な宇宙の沈黙の中を、人間が生きてゆく原型に他ならないのだということを、体じゅうがおののくような思いで感じとった。永劫の闇に対抗できるものは、われわれひとりひとりの魂が宿しているはずの永遠の想いだけだ、とも。

雪の幕が見る見る近づいてきて眼下の森を覆ったと思うと、台地の上も降りしきる雪片の渦に巻きこまれた。天地はただ渦巻く白い闇だ。その中をセミョーンの影がゆっくりと揺れ、もはや怯えきって震えていた歌えぬ詩人、逃亡シャーマンのセミョーンとは到底思われない憂愁と威厳を秘めたひとつの声が、晴やかに高まり低まって朗々と雪の中をひびいた。


ここは悲しみの夕日の消えるところ、いのちの太陽の朝ごとに生まれるところ。

昼と夜の境だ。

おお、偉大なる父なる天と、優しい母なる大地を結ぶシャーマンの大樹よ。

いまおれはウルグクンの霊に導かれて、この樹を登る。

九つの枝は九つの天である。

おれは震えがとまらない。おれは怖ろしい。

岩蔭のキツネの巣穴、祖母の膝の間にもぐりこんでいたかったのに。

ウルグクン霊よ、おまえがおれを連れ出した。この高み、この目もくらむ白い闇。

おれは選ばれたくなど少しもなかったのに。

いま白い影が近づいてくる。おれを怯えさせないように、優しくはばたきながら。

翼のある牝トナカイの、霊の乳にみちた豊かな乳房。あらゆる苦痛を吸い取る深く黒い眸。

おまえの肢に指はないのに、地上のどんな娘よりも、やわらかくおれを抱く。

おれの悲しみは癒され、シャーマンする力が、いまおれの中に、こんこんと湧き出てくる。

絶え間なく顔に降りかかる雪を、私はもう払わなかった。セミョーンの姿も雪に覆われて、もうまわりと区別できない。降る雪の奥から声だけが聞こえていた。冷えきった四肢の感覚はほとんど失われて、心だけがあやしく燃えている。

雪雲が次々と頭上をかすめ過ぎてゆくように、雪の幕は厚くなったり薄れたりした。薄れるとき、ふしぎな薄明りが天と地を照らした。その茫々たる薄明のなかを、恐ろしく巨大な樹の影が、見えない地平線に覆いかぶさるように豊かな横枝を幾重にもひろげながら、浮き出したり消えたりしているのが確かに見えた。そのまわりを、翼のある白いものが幾つもゆるやかに優しくめぐっているのも。

強く胸を締めつけられるような思いがけなく懐しい気分。私の霊もここ、昼と夜の境の地で生まれ育てられたような気がする。いつかここに戻ってくるのだろうか。そしてまた孤独な少年に、迷いにみちた若者に、運命の声から逃げ続ける生涯に送り出されるのだろうか。

記憶しない遠い遠い過去のいつか、やはりこうして悩ましい思いに駆られながら、あの樹の影を見上げていたことがあった気がする。

いま女たちがそりを引いて、森の中を歩いてくるのが見える。そりにくくりつけられたゆりかごの中で、赤ん坊がじっとおれを見上げている。おまえたちが無事、川のほとりに辿りつけるように。母たちの乳房が甘い乳で満たされ、男たちの心が清らかな知恵で満たされるように。願わくは、朝焼けの光が、常におまえたちを照らし続けるように。

そこでセミョーンの声は切れた。と台地の斜面の雪をかぶった針葉樹の間から、不意に湧き出すように、トナカイの群があとからあとからと現われ出した。

白いの、褐色の、灰色の、それらの色のまじり合ったのと、何百頭という群が、大きな角を振り立てながら、斜面を埋めつくす。人影はまだ見えないが、トナカイたちの頸につけられているらしい鈴が、凍りつく大気を冴え冴えと震わせていっせいに鳴りひびいた。

ワルキューレの光

コペンハーゲンでもオスロでも、私が尋ねた限り、オーロラを見た、という人がひとりもいなかったのは意外だった。コペンハーゲンは北欧といっても一番南の方だが、旅客機でちょうど一時間、北にのぼったオスロあるいはその近辺では時折見えるのではないか、と想像していたのである。

多数の人にいちいち尋ねてまわったわけではない。たまたま話している途中で、思い出すと聞いてみただけだが、オーロラを見にオスロからさらに北へ、北極圏の町まで行くつもりだ、と言うと、誰もが驚いた顔をした。何もそんなもののためにわざわざ北極圏まで行くのか、というように。

そして実際に親切にこう教えてくれた人も何人かあった。北極圏まで行ったとしても必ず見られるわけではありませんよ、虹と同じようにいつだって出ているものではないし、第一、空が晴れ上がってなければ、たとえ雲の上でどんなに光っていても、地上から見えない道理でしょ。春の天候は不順ですからね。

そう言われるとその通りで、私は季節のことは考えていたが（完全に白夜の夏は見えないだろうと）、天候のことが全く頭から抜けていたのは自分でもおかしかった。星だって晴れてなければ見えないわけだ。

でもやはり行ってみる、と私が答えると、商社の駐在員だったか、オスロの研究所に来ている学者だったか、笑いながら言った。

まあ、これまでのあなたの行いが良かったら見られる、ということでしょうな。

オスロで二日ほど美術館やバイキング博物館などを見物してから、私はスカンジナビア半島の北端近い町へと飛ぶ旅客機に乗った。

よく晴れた朝だった。四月も半ば近いのだが、上空から眺めると、少し高いところにはまだ雪が残り、山中の湖や川は岸の方が凍りついていた。その雪や氷に澄んだ日ざしがきらめき、はだかの針葉樹の林の木々が、錆びた鉄釘をさかさまに植えつけたように、一本ずつくっきりと尖って見える。光量の少ない北の空はさすがに紺碧の濃さはないが、紫色の淡い空に雲ひとつなかった。

これなら今夜も晴れるだろう、私の行いは良かったわけだ、とひとりで笑った。

目的地まで飛行時間は約三時間である。フィヨルドの複雑に入り組んだ海岸線に沿って、旅客機は一気に北上する。私は落ち着いて、北欧神話の書物を読み続けた。外国を旅行するとき、必ずその土地に関する本を読むことにしている。東京で何度読んでもよくわからなかったヒンズー教の本を、インドを旅しながら読んだら実に自然に実感できてからの習慣だった。

北欧神話は世界中の神話の中でも最も好きなもののひとつである。氷と霜と霧の中からの世界創造、地下から天上までのびる宇宙木、知恵と記憶の二羽のカラスを肩にとまらせている片目の主神オーディンをはじめ力強く影濃い性格の神々たち、そして何よりの特長は「神々の黄昏」の壮絶な世界壊滅の物語をもっていることだ。

ただヒンズーの神々が、いまも寺院に、遺跡に、人々の心と生活の中に生き続けているのに、ここ北欧では十世紀前後ごろ南から伝わったキリスト教によって、古い異教の神々はいわば根こそぎにされている。寺院の跡も神像もなく、完備された福祉社会の美しく漂白されたような人々の生活の中にも、古い神話の名残りは、少なくとも一、二週間程度の旅行者の目には、全く認められない。

デンマークで古い王城を訪れたとき、偶然に見かけた一枚の絵が強く心に焼きついていた。誇らし気に十字架を捧げた神父と鎧姿の王が、畏れおののく民衆の面前で、多分オーディンと思われる巨大な神像を、綱で曳き倒させている光景を描いた絵だった。千年ほど前の、恐らく実際にあった光景だろう。案内人にせきたてられながら、薄暗い城内の部屋部屋を急いで通り過ぎている途中で、立ち止まる暇もなく目にしただけだったが、見てはならぬものを見てしまったような気分が濃く尾を引いて残った。仏教が入り儒教を受け入れても、神社を残し続けてきた日本人の心情からは、耐えがたくあられもないことのように思われたのだ。

大体、神殿を壊し神像を曳き倒して古い神々を殺すことができるのだろうか。古い神々を殺すということは、心の奥の古い部分、根の部分を殺すことなのではないか。それにしてもキリスト教というのは峻厳な宗教だ。確か四世紀だったか五世紀だったかに、木や石や山など一切の自然物の崇拝を禁ずる法令のようなものが出されたはずである。その禁令からすれば、オーロラという自然現象に魅せられて——単にきれいだからとか珍しいからというのではなく、確かにそれ以上の神秘にひかれて、ユーラシア大陸の反対の端からわざわざこんなところまでやってくるという私の行為は、明らかに救い難い野蛮ということになる。

そんなことを茫々と考えながら本の頁から離れていた目の端の方に窓の外がうつった。いつのまにか、淡い紫の穏やかな光が消えて、窓の向こうは白々と煙っていた。一面の霧の滴のようなものが機体を包み、主翼の表面はびっしりと濡れている。下方をいくら覗いても、海も陸地ももう見えなかった。

いやな予感がした。本を閉じて窓から外を眺め続けたが、霧か雲はいよいよ濃くなるばかりだ。まるで神話のニフルハイム（霧の国）からじかに吹き寄せてくるような、冷え冷えと荒々しい白い流れだった。

やがて急角度に高度を下げて、機は雲の下に出た。雪に覆われた岩山、青黒く静まり返った入り江、冬枯れのままの暗褐色の荒地が急に眼下に開けたが、その一面に細かな白いものがちらついている。雪だった。

やっとここまで来たのに、と舌打ちする思いで、着陸した機体から小さな空港の建物まで、人たちの列の一番あとから雪の中を歩いた。どこかに雲の切れ目でもないかと頭上を眺め渡したが、同じように艶のない灰白色の雪雲のひろがりだけだった。

空港からタクシーで丘ひとつ越えると、河口のように狭く切れこんだ入り江の岸に、小さな町があった。幾つか新しい鉄筋コンクリートのビルもあるが、あとはくすんだ色の煉瓦造りか木造の地味な家ばかりだ。目抜き通りらしい道路を走っても、店が全部しまっていて、人通りもほとんどない。

予約しておいたホテルは、ほぼ町の中央らしかった。予約してあるはずだが、と言うと、フロントの係員はカードをめくりもしないで、黙って鍵を渡した。こんな季節には客もほとんどないのだろう。フロントのすぐ横が食堂になっていて、漁船員か木こりといった感じの荒っぽそうな男たちが、粗い織り方の分厚い外套を着こんだまま、ビールを入れたコップをテーブルに置いて陰うつに黙りこくっていた。

部屋は五階で通りに面していた。屋根裏部屋のある家が多い。その三角形の窓々が険しい白目の列に見える。その彼方に、入り江の黒々と深そうな水面が僅かに見え、入り江の対岸には巨大な岩石をどかりと置いただけのような屈曲のない岩山が、表面の四分の三ほど雪をかぶり、残りは木も草もない暗い灰色と褐色のまじり合った岩肌が剝き出しだった。その頂に接するほど低く動かない雲。粉雪が激しくなったり薄れたりしている。

幾らかでも日がさしているか、人通りでもあればそうでもないかもしれないが、まさにゴーストタウンだ。時折車体の汚れた車が走り過ぎるほか、動くものはない。本当に人が住んでいるのだろうか。まだ午後も早いのに夕暮の薄暗さである。

室内はシングルベッド、ソファー、テーブルに椅子と、ひと通りあるべきものはあるのだが、余分の装飾はなく、壁も天井も陰気な中間色。ただ壁に複製の絵を入れた額がふたつかけてある。オスロの美術館で実物を見たムンクの複製である。一枚は夜の雪の庭を描いただけだが、ぼんやりと影のような黒い庭木がどれも生気を帯びてゆらめいている。熱と光からくる生気ではなく、闇と冷気からにじみ出る陰の生気。庭の彼方の一望の雪原も、白夜めいた仄明るい夜空もゆらめいている。

もう一枚も白夜らしい紫色の空と海を背景に、海辺の屋敷の庭で踊っている男女を、ムンク特有の波打つような筆致で描いている。画面中央で、髪がなく眉毛もないみだらな仮面のような顔の男が、真白な服の女の腰を両手で抱き締め、いやがって逃れようとする女の顔に、赤く濡れた唇を押しつけようとしている。その横に黒いドレスの赤毛の痩せた女が、ひとりであらぬ方を見つめて凝然と立ちつくしている。だが草色の顔の男のみだらな振舞も、赤毛の女の孤独さも、彼ら自身の性格というより、あたり一帯の白夜の、昼でもなく夜でもない薄明の妖しさがかもし出すものだ、という印象を受ける。

日本でムンクの複製を見ながら、その狂気めいた雰囲気に「実存の深淵」といったような印象を覚えたものだ。オスロに到着早々美術館でこの原画を見たときも、まだ芸術作品として眺めたのだが、いま荒涼と仄暗い冥府のような町の中で、不意に彼の絵に出会うと、その異様な雰囲気が非日常というより日常、狂気というよりむしろ正気のように思えてくる。絵というより現実そのものが、額縁の中ではなく目の前に剝き出しになっているように感じられるのだ。雪夜の絵が、いま窓の外に連なる家並と岩山の眺めとそのままつながっている。活気の絶えたこの町の奥のどこかで、ひどくみだらなことが行われ、恐ろしく孤独な心が凍りついているように思われてくる。

息苦しくなって私は額縁から視線をそらした。血行が異常に速くなったり遅くなったりしているようだ。窓際に立って隈なく空を眺めまわしたが、雲は切れるどころか動いてさえもいない。晴れてくれ、と祈るように呟く。たとえ一時間でもいいから、空を開いてくれ。厚い窓ガラスに両手の掌を押しつけて、くい入るように雪雲を見つめたが、粉雪がまた激しくなってきただけだ。

大型のソファーに横になる。今朝オスロを発ったときの明るい空と日ざしを思い浮かべる。私の一生はそんなに行い悪いものだったのだろうか。デンマークでの仕事が終わったあと、ロンドンかパリでもまわってさっさと帰ればよかったのかもしれない。こんな北の果てまで来る費用で、パリで買物でもして帰れば家族もよろこぶだろう。

だがやはり、筆舌につくし難いどころか、写真でさえも捉え難いといわれるオーロラをひと目でも見たかった。何年か前、知り合いのカメラマンがトナカイの群の写真を撮りにこのあたりまで来て、偶然にオーロラを見たという。

凄いよ、世界中のいろんなところに行っていろんな物を見てきたけど、あんな素晴らしいものに会ったことはなかった、とそのカメラマンは言った――宗教心など全然ないおれが、空一面に動きまわるあの光の変幻を見たとき、神というものがもしかするとあるのかもしれない、と本気で思ったな、本当だよ、このまま死んでもいいとまでは思わなかったけど、死ぬときオーロラの下でなら安らかに死ねるだろうという気がしたね。

もちろん写真は撮ったんだろう、見せてくれよ。

それがうまく写ってないんだ。なぜかというとね、実はオーロラというのは見かけとちがって実に光が弱いんだ、月が見かけよりうんと明るいのと逆だね、だから露出に時間をかけないといけないんだが、そうするとあの微妙な動きと色の変化がぼけちゃう、実際に目で見なければ駄目だ。

オーロラが動きまわるとき、音がするっていうのは本当かい。

実際にはしないよ、でも音が聞こえてくるような気がするんだ、天上の音楽が聞こえてくるような、バッハの一番美しい曲よりもっと美しい音楽が、空一面に鳴りひびくようだったな、北欧に行く機会があったら、ぜひノルウェーの北まで行きなさいよ。

おれはまだ諦めないぞ、と私は天井を見上げながら、声に出して言った。

朝が早かったせいで、私はそのままソファーベッドで眠ってしまった。そしてひどく不安でいやな夢をみた。日頃もよく夢をみる。だがたいていは昼間の不安や怯えを打ち消し元気づけてくれるような夢だ。それで自分で考えているより私の精神は健康なのだ、と思ってきた。

ところがそんな自信など嘲笑うような、病的な夢だった。何か心の底深く基準とか枠のようなものが溶けてしまい、どろどろと異質なものがまじり合い、得体の知れぬ忌まわしい影におびやかされ続けた。

ふっと目が覚めると、やや横向きになった顔のちょうど正面に、絵があった。まだ完全には覚めきらない意識に、ムンクの絵がじかに迫ってきた。思わず夢の中に引き戻されるような不気味さを覚えた。

いきなり起き上がると、テーブルの上にあった新聞紙を取って額縁の表を覆った。一度はずり落ちたが、改めて丁寧に折り目をつけて包んだ。二枚ともすっぽりと覆いかくした。なまなましく身に迫るものが、少なくとも目の前からはかき消えた気がした。

ほっとして椅子に坐った。狂気めいたものと、それがたとえどんなにすぐれて芸術的であろうと、戯れてはいけない、狎れ合ってもいけない、憧れるなどとんでもないことだ、と自分に言った。おまえの中にこれほど敏感に同調するものがあるからだ、よくわかっただろう。

それから電話でルームサービスに、ビールとスモークサーモンとオープンサンドを持ってくるようにと頼んだ。もうとっくに暗くなっていておかしくない時刻なのに、窓の外は薄明るかった。雪はやみかけていたが、雲はいぜん低く厚い。

七時、八時、九時になっても暗くならない。昼がそのまま続いているのではない。密雲の垂れこめた昼の薄暗さに比べると、むしろ空一面から白っぽい光がしみとおってくるように全体的に仄明るい、と体では感ずるのだが、ひとつひとつの物は見分け難くなっている。昼でも夜でもない薄明の時間。物の影が薄くなり、物と気分との境目も薄れて、不思議な生気があたりじゅうに漂い始めている。

雪は止んでいた。だが空は閉ざされている。一面に淡い紫色を帯びて動かないので、これが空そのものの色なのかと思ったが、どこにも星が見えない以上、雲にちがいない。

通りには点々と灯がついていた。住居になっているらしい二階の窓だけでなく、閉めたままの一階の店の部分にも灯がついている。ちょうど部屋の窓から通りを隔てた真向かい斜め下の店は靴屋のようで、何ひとつ動くもののない一階の店内の煌々たる明るさの中に、色とりどりの靴がびっしりと並んでいるのだが、何か妙なきっかけひとつあれば、靴の列がひとりでに動き出しそうな気配だ。

いぜんとして通りに人影はない。道路の中央の車の走る部分と、家々の出入口の部分は雪はつもっていないが、出入口のない歩道、家と家の間には、汚れた古い雪がうずたかく土手のようになっている。昼間のあの程度の粉雪ではつもらないのだろう。路面を濡らしただけで、濡れた舗装の表面が青黒く、爬虫類の皮膚のように冷たくぬらついて見える。からっぽなのに空虚とはちがう。物音ひとつ聞こえないのに、静寂の感じがない。

オーロラの見えるのは夜中の十二時までだ、ということを聞いていた。なぜかは知らないけれど、本当にそうだとすれば、もう何時間もない。再びオスロからコペンハーゲンに戻って東京まで帰る飛行機便の都合で、ここには一晩しか泊まれないことになっている。今夜だけの賭けだ。十二時まであと三時間、いやもう二時間半しか時間はない。さすがに苛立ってきた。だが心の一部では、このまま見られぬはずはない、という予感も続いていた。

あたりじゅうに次第に濃くなる得体の知れない気配が、私の中にも急にしみこんでくる。時計を眺めては現実に苛立ちながらも、一種浮き浮きした気分がどこからか滲み出てくるのだ。日頃の明るく浮き立つ気分ではなく、冷え冷えとして熱っぽく、陰々と不思議な興奮である。

町の灯の明りがあるとオーロラはよく見えない、ということも思い出す。あのカメラマンもそう言っていた。そのことはずっと意識にあったのだが、雲が切れてから町の外まで出ようと思っていたのだった。

道路で人の気配がした。七、八人ほどの人影が通りを下ってくる。体が小さいと思っていたら、全員中学生ぐらいの少年と少女だった。スキーの時に着る原色のぶくぶく膨れた胴着のようなものを着て、熱に浮かされたように早足で歩いてくる。互いに肩を抱き合ったり、小走りに駆けては立ち止まったりするが、はしゃいではいない。窓のすぐ下を通り過ぎるとき、少女のひとりが煙草を吸っているのが見えた。

不意に外に出ようという気になった。飛行場に降りたとき寒さは予想したほどではなかったが、持ってきただけの厚い下着、セーターとマフラーを急いで身につけた。

部屋の鍵はポケットに入れたまま、フロントの前を素通りして道路に出た。タクシーが見えなかったので、歩いてゆくことにする。小さな町だ。歩いても外に出られるだろう。

道路を歩くと、もう十時だというのに闇のない薄明の異様さ、人影はないのに明るい店の中、その中で息を殺しているような靴やタイプライターや電気器具の気味悪いたたずまい。五階の窓から見下ろしながら思った以上に、家並は古くいたんでいた。煉瓦色の建物が煉瓦造りではなく木造だ。地面に接した板が腐りかけている。車道まではみ出して歩道一杯に積み上げられた雪が、泥と煤で汚れ切っている。

娯楽場などありそうもない地味な町なのに、深夜営業のキャフェテリアでも建物の奥か地下にあるらしく、思いがけない薄暗い路地の入口や、地上の部分はすっかり灯の消えている建物の地下に降りる階段に、少年少女たちが群っていた。だが騒いでも笑い声を立てもいない。じっと抱き合ったり、ぼんやりと宙を見つめている。煙草かマリファナか、点々と赤い小さな火が動く。とその一部がふらりと漂い出るように通りをふらつき始める。おとなはほとんど見かけない夜の街を、少年少女だけがさまよっている。

表通りのはずれ近く教会が立っていた。時計がついている。その上は銅板を貼った尖塔になっているのだが、銅板は緑青《ろくしょう》をふき出して白っぽい緑色だ。正面の大扉はがっちりとしまって何の気配もない。デンマークで聞いた話を思い出した。三十年前の調査で、神はある、と答えた人が四五パーセントだったのに、数年前の同じような調査ではわずか二四パーセントだったという。こういう微妙な問題が簡単に数字で表されるとは思わないが、軒下に積み上げられた汚れた雪の山も、緑青の尖塔もわびしく影薄かった。あの少年少女たちも、私も、こんなに何かを求めてさまよっているというのに……。

背後で声がして、びくっと振り返った。通りの明りを背に人影が立っていた。毛皮の帽子に、裏に毛皮のついた半コートの襟を立てているが、帽子もコートも古びて汚れている。顔はよく見えないが、かなりの老人のようだ。

あんた、中国人かね、それともベトナム人か。

訛の強い英語で、陰気にしわがれた声だった。

日本人だが、と答えると、含み笑うようにのどを鳴らした。

日本人なら、哀れな老人に生命の水を恵んでくれ。

生命の水（アクア・ヴィット）とは、ジャガイモから作られる強い焼酎のことだ。老人の一見浮浪者風の風体に、反射的に身構える気分になりかけた私も、生命の水という言葉にふっと誘われた気持になる。一般に北欧の男たちは体格も風貌も実に堂々としていながら意外に内気で、見知らぬ外国人に声をかけるなどということは滅多にない。変わった老人だ、と興味も動いた。

いいよ、でも急ぎの用があるので、長くは付き合えないな。

それは残念だ、と老人は言ったが、急に元気が出たようだった。年齢に似合わぬしっかりした足取りで、先に立って通りを歩き出した。革の長靴は泥まみれでかかとがすり減っている。

老人は表通りの地下の店にするりと入った。歩道の表面すれすれに小さな窓がついている。狭く薄暗い店で、老人が先にドアを押して中に入りかけると、カウンターの中にいた若いバーテンが何か言おうとしたが、私が一緒なことに気付くと黙った。他には隅の方でテーブルに俯せになっている赤毛の女客だけだ。

生命の水をくれ、と老人は威張って注文した。バーテンがわざとのように無表情にカウンターに置いた細長い小さなグラスを、老人は早速手に取って目の高さに上げると、乾杯と言って、私の目を覗きこむ。乾杯のとき気味悪いほど互いの目を見つめ合うのが北欧の習慣である。

近くで見ると、老人の毛皮の帽子もコートも、ごみ箱から拾ってきたように薄汚い。目が両方ともとび出したように丸く大きく、のばし放題のあごひげが垂れ下がっているが、どうしてか眉毛がほとんどなかった。

私はなめるようにしかすすれない強い酒を、老人はひと口にのむ。たて続けに三杯ものんだ。口の端から垂れた酒か唾を、汚れたコートの袖でのろのろと拭く。どこかで見たような顔だと思うが、思い浮かばない。

そんなにのんで大丈夫か、じいさん。

むかしはひと樽だってのんだものだ。やっと生き返った。

目に見えて落ち着いてきた老人の風貌も態度も、見かけほど卑しげでなかった。むかしは結構いい暮しをしていたのかもしれない。

じいさんはこの町のひとか。

いや、きのう来たばかりだ。先月はスウェーデンにいた、真冬はデンマークの南の方にいたさ。

そうやってずっと旅しているのかい。

そう、ずっと、もう千年もだ。

太陽がほとんど顔を出さないというこのあたりの冬は、ひどく長く感じられるんだろうな。

本当に千年だ、と老人は目を剝いて言う。大きな白目が気味悪く光っている。

じゃその千年に乾杯だ、と私は調子を合わせる。

時間が気になり出していた。もう十一時に近い。これ以上、酔払いの老人にかまってはいられない。

何をそんなに気にしてるんだ、と老人が言った。

実は、オーロラを見にここまで来たんだが、オーロラは十二時までというだろ。

老人は無遠慮に笑い出した。

女でも探しに行くのかと思ったら、こんな天気にオーロラか。気は確かか。いや待てよ、ワルキューレも女だな、あれでも……。

含み笑いを続けながら、老人は片目をつぶってみせた。

あんたワルキューレを知ってるか。

聞いたことはある。戦いのあとに、死んだ勇士の霊を集めに来る女神だろ。

白銀の甲冑をつけ天馬にまたがって、空を駆けまわる。そのきらめく甲冑の光をオーロラと人間たちが呼ぶんだ。それにしてもどうしてそんなにオーロラが見たいんだ。見たいから見たいんだ。あんたたちには一向に珍しくないだろうが。

私は立ち上がりかけていた。老人は腰をおろしたまま、じっと私の顔を見上げて、またニヤリと笑った。灯の加減で老人の目がはっきりと見えた。片方の目が動いていない。義眼にちがいなかった。

とにかく町の中からオーロラは見えん。町のうしろの丘に登ってみるんだな。

老人は真顔になってそう言ってから、のどを鳴らした。

わしはもう少しのましてもらうよ。

私は余分に金を払ってひとりで店を出た。

入り江に沿った通りと直交する道を、町の背後へと登っていった。

丘の斜面は住宅地帯で、かなり立派な屋敷が白樺の林の中にたっていた。漁業以外に産業もありそうもないこんな田舎町に、どうしてこれほど立派な邸宅が並んでいるのかわからない。白いよろい戸の窓から明るく灯が洩れている。にぎやかな音楽の聞こえてくる屋敷もある。ムンクの絵にあったようなみだらなパーティーが行なわれているのかもしれない。

道に沿ったひときわ豪奢な屋敷の窓を覗いた。だが淡紅色のスタンドがついている広い部屋の隅に、女のひとがひとり、肘掛椅子にひっそりと坐っているだけだった。いまにも死にそうな老婦人だった。

斜面を登るにつれて積雪が深くなった。幸い舗装道路が続いているが、道の両側は防壁のように厚く高い雪の壁になる。大きな黒犬が一匹、その蔭からのそりと現われて、しばらくあとをついてきたが、ふっといなくなった。

町の通りははるか眼下に沈んで、入り江の水が黒々と連なって見え、対岸の岩山がいよいよ荒涼と巨大だった。幾らか暗くなってきた気もするが、テーブル状の岩山の稜線ははっきりと見分けられ、動かない雲のどこにも切れ目はなかった。

やはり駄目だったか、と声に出して呟いてみるが、せめてこの町の背後の丘の頂まで行って見ようと思う。何がこんなに私を駈り立てるのかわからない。だがその力――有り余って外に迸り出る力というより、むしろ自分の内部の中心にあるらしい欠損部を埋めようとする力は、ここまで私を生かしてきた力と別のものではないはずだ、と考えた。穴そのものが自身を充たそうとする不思議な力、それが私を駈り立てる。年齢とともにその穴は深くなり、私を駈り立てる力もいよいよ狂おしくなるが、その狂おしさを恐れながら楽しんでいる気分もある。

邸宅も次第に疎になり、木がふえてくる。白樺のほかは名も知らない落葉樹と針葉樹ばかりだが、雪の中に下枝のないひょろ長い木が一本ずつ立っている姿は快かった。白い平面に垂直の線だけ。黒い垂直の線は雪明りの薄明の中で鋭く天を刺している。

やがて丘の頂の稜線に並び立つ木々の幹の間に、ぼおっと薄紅色に色づいている部分が見え、私は狂喜しかけた。そちらが北になるのか南になるのか全く不明だが、私が丘を背にしながら町の中から眺めていたのと反対の方角で、雲は切れていたのかもしれない。背後の丘に登れ、と忠告してくれた老人に、私は心の中で礼を言った。

その途端に、思い出した。どこかで見た気がすると思っていた老人の顔は、オスロのバイキング博物館で見かけた古い木製の棺車についていた小さな木彫りの像にそっくりだった。それはバイキング時代の女性の墓から発掘されたものだが、車軸の他は板を丸くつなぎ合わせた車輪まですべて木製で、美しい浮彫りを施された棺を支える部分の先端が、握り拳より小さな人面像になっていた。歯の並んだ口を半ば開き、ひげが顎をかくしている。鼻が長く高く、丸い両目がとび出し気味になっていて、単純で稚拙な彫りだが、何とも無気味な老人の顔なのだった。

恐ろし気なだけではなく、崇高なだけでもない、強いて言えば死の冷酷と無残さをそのままに受け入れながら、その恐怖に対抗しうるだけの力強さをもった顔だった。そこには死を美しく飾り立て意味づけようとするいかなる幻想性もない。憐みもない。その顔が何を象《かたど》ったものかは不明だ、と博物館の説明書には書いてあったが、私はそこに神話の神々の顔をぼんやりと感じた。洗練された人間的な神や神の子や聖人たちの像が南から伝えられる前の、剝き出しに生の不安と死の恐怖に生きていた時代の神々の顔を。

林の中の道を登りつめて、ようやく丘の稜線に立ったとき、私は息をのむ思いで立ちすくんだ。

眼下に大きな湖がひろがっていた。湖のまわりを氷山を思わせる切り立った崖の岩山が純白の雪に覆われて囲んでいた。入り江の海水は黒く淀んでいたのに、湖はまわりの雪山を映し、空の薄明を溶かしこんで、銀色に光っているのだった。

稜線まで登ればすぐにも眺められると思っていた薄紅色の輝きは、湖の対岸の雪山の彼方にまで退いていた。もしやと願ったようにこの方角でも雲は切れてはいなかった。入り江の対岸のどたりとしたテーブル状の岩山とちがって、威厳のある起伏と鋭いひだの切れこみをもった岩山の一角が、紫がかった薄紅色に色づいているだけだった。それが果して遠いオーロラの反映なのかどうかはわからない。多分そうではないだろう。少なくとも私が思い描いてきたような、友人のカメラマンが話してくれたような、空全体を色どり揺れる神秘の光の変幻ではなかった。

だが失望の思いはなかった。冷気は幾枚も着こんだ衣類をとおして肌にしみこみ始めていたが、いまの自分としては来るところまで来たのだ、という手ごたえめいた思いが静かに湧いてくる。

　老人は千年と言っていたが、もっともっとむかしのいつかどこかで、これとそっくりの湖を確かに見たことがあったような気もしてくるのだった。いや、いま夜でも昼でもなく、暗くも明るくもない不思議な空間に静まり返っている湖は、人類が誕生する前そのままの、そして多分人類が滅んでからあとも同じにちがいない静寂そのものの姿だ。

　人家も小舟も電灯も、人間の気配はどこにもなかった。ヒマラヤのように人間の征服欲を誘いかきたてるものもない。宇宙の無関心の表情そのままに、名前も知らない北の果ての湖は、ただそこに在った。やがて地球という揺りかごの中での幼年期を終えて大宇宙に出て行ったとき、人類が必ず出会う光景でもあるにちがいない。

　ただひとつついている人工のしるし、舗装道路を、私は登ってきたときとは反対に、一歩毎に鎮まってくる気分のまま、ゆっくりと下っていった。風はなく、冷気が張りつめながら透きとおっている。時の流れも凍りついている。

　途中の荒野は雪に埋まっていたが、岸にくると、水辺に岩が露出していた。その岩がこれまで私が見てきたどんな岩よりも、太古の面影を残していた。斜めに積み重なった断層面がはっきりと見える。その筋目が薄暗がりの中でも荒々しく見分けられ、風化の滑らかさがなかった。そっと手を置くとじかに地殻に触れているような、無限の虚空を浮かびめぐる地球という巨大な岩石の孤独と寂寥が伝わってくるような気がした。

空一杯を動きまわって輝き渡るオーロラを見上げたとき、神というものがもしかするとあるのかもしれないという気がした、と友人のカメラマンは言った。そのとき、彼がどんな神を感じたのかはわからないが、いま雲ひとつ動かず小波ひとつ立たない太古のままの岩と水と静寂を前にして、私の中にしんしんとしみこんでくるのも、目に見えぬ何かがこの宇宙には確かにある、という透きとおるように思いがけない感覚だった。

狂気の冥府を通り抜けて、われわれひとりひとりが内なる極地まで辿り着くことがもしできるなら、本当に古くそして常に新しい自分に出会うことができるかもしれない……。そんなことを茫々と思いながら、私はたったいま凝固したばかりのような岩の傍に立ちつくしていた、自分でもよくわからない冴え冴えとした興奮のままに。

ひときわ荒々しく盛り上がった大きな岩の蔭に、浮浪者の老人が飄然と立っているのに出会ったときも、それほど驚かなかった。ここで再び老人に会うことも、私は予感していたように思う。老人の革長靴はいっそう雪と泥にまみれていた。

呼んでやろうか、ワルキューレたちを。生命の水のお礼に。

老人は悪戯っぽく、片目をつぶってみせながら言った。

いやいいよ、と私は答えた、あなたたちの掟では、ワルキューレたちは戦士の霊を探しにくるのだろう、私のこれまでの生涯は戦士のそれではなかったようだから。

あんたが戦士だったかどうかは、ワルキューレたちが決めることだ。

これまでの私の行いがよかったらオーロラを見ることができるだろう、とオスロで言われたんだが、とうとう見えなかったということは、それほどよくなかったということらしいよ。

私は笑いながら言った。冷気に頰が強張《こわば》って、相手に笑い顔と見えたかどうかはわからないが、こだわりなく静かに開かれた気分だった。

また会えるだろうな、どこかで。

老人も淡々と言った。

私もそんな気がする。五年後、いや十年後か。

あっという間だぞ。

そうだろうね。あんたがひとりさまよってきた千年に比べたら。でもまだ何かできるかもしれない、生き直すことも。

少しずつあたりが暗くなり始めた。やっと短い夜になったようだ。もう時計の針は見えなかったが、十二時をはるかにまわっているにちがいない。

そろそろホテルに帰らなければ、明日の朝、飛行機が早いから。

わしはもう少しここにいる、カラスどもが戻ってくる頃だ。いい夜だったよ。

今夜は美しいワルキューレたちに会えなくて残念だったけれど、よろしく伝えてくれ、必ずまたくると。

わしたちはいつだってここにいるよ、この世に戦士がいる限り、と老人は言った。

私は町のある丘をめざして、雪の野を戻った。

しばらく行って振り返ったが、みるみる濃くなってゆく闇の奥がかすかに光り続けているだけで、岸辺の老人の姿はもう消えかけていた。

渦巻

深夜過ぎ、イスタンブールからカラチ行きの旅客機に乗る。リビアのトリポリ発という変わった便だったので、観光客が乗っているはずはないから、がらがらだろう、ゆっくり眠っていけるさ、と同行のカメラマンと話し合って乗り込んだのだが、機内はリビアから休暇で帰るパキスタン人の出稼ぎ労働者たちで、ほとんど満員だった。

三年振りに故郷に帰るんだ、という男もいた。石油の出ない途上国から石油の出る途上国へ、こんなに労働者が出稼ぎに出ているとは知らなかった。興奮して一向に眠ろうとしない彼らのざわめき、話し声、笑い声、それに強いスパイスを常食する人間特有の濃い体臭が、狭い旧式中型旅客機の機内に充満して息苦しいほどだった。

一睡もできなかった。カラチで乗り換えて私たちはスリランカのコロンボまで行くのだが、コロンボ行きの旅客機は昼近くの出発である。カラチ空港の待合室で六時間ほど待った。機内で眠れなかった分を、待合室で眠ればいいのだが、待合室は人たちの出入りがはげしいうえに硬いベンチの坐り心地が悪くて、ふたりともぼんやりと煙草ばかりふかしていた。冷房は一応入っているのに、陽が高くなるにつれて、滑走路に面した広いガラス窓の一面から陽が射しこんで、体中から脂汗がにじみ続ける。

体よりも意識がよどんで白濁していた。トルコでは運転手つきの車を雇って、六日間に一日平均三百キロは走り続けてきた。イスタンブールの町もほとんど見物していない。トルコの前はインドを二週間、訪ね歩いた。無理な旅程に、もう若くない体は疲労しきっていた。スリランカに二泊のあと、さらにネパールまで北上しなければならない。

コロンボ空港から海岸沿いの市内のホテルに着いたときは夕方近かった。その夜、睡眠薬を普段より多く飲んで泥のように眠る。翌朝早く、車を雇って島の中央高原を斜めに横切り、ポロンナルワという古都の廃墟まで行くことになっている。

車は冷房がなかった。島のせいか熱帯にしては暑さは耐え難いというほどではないが、前々日は小雨の黒海沿岸でレインコートの襟を立てて震えていた体に、陽が高くなるにつれて汗がねっとりとまといつく。途中、二、三個所で休んでポロンナルワの町に着いたのは午後になっていた。

予約しておいたモテルにバッグを置いてすぐに遺跡に向かった。ここは十世紀から十三世紀までシンハリ王朝の首都だったのだが、南インドからの侵略で廃都となり、以来五百年間ジャングルに埋もれたまま朽ち続けた。発掘されて再び陽の目を見たのが今世紀初め、以来仏教聖地として大切に保存され、遺跡地区内に新しい建築は禁止されている。

　南北七キロにわたるという広大な遺跡は、そのため全く俗化されていない。切り開かれた平地のそここに宮殿跡、仏堂跡、仏寺跡、石塀、列石柱が散在し、豊かな樹々が茂みをつくり、池は水際まで青草がびっしりと生えて、森閑と静かだった。インドのサルナートでもそうだったが、仏教遺跡特有の清浄の気配が薄青く沈みこんでいる。

　広大な遺跡を見てまわる時間がなく、私たちは予め調べておいた大石仏のところに直行した。十メートル近い崖の自然石から彫り出した坐像と立像と涅槃像の三体の大仏像が崖の前に並んでいるのだが、とくに長さ十三メートル余の涅槃像が有名だ。Sはその前に三脚を据えて撮影にかかる。専門のカメラマンは、われわれなら三分間で撮れるような対象でも三時間かける。涅槃像の前に土地の人がそっとお参りに来てくれると丁度いいのだ、という。夕方だからそのうちきっと来るはずだ、と彼は待ち始めた。

　強情なほど仕事熱心な彼がそう言い始めたら、私が何を言ってもだめだ。そのことはすでにインドでもトルコでも経験ずみだったから、私は少し離れた岩に腰をおろして待った。

　陽が傾き始めて、もう直射日光に体中の汗をしぼり出されるというほどではなかったが、まわりじゅうの岩も地面も草も、真昼の熱気の名残りを吐き出し続けている。じっと坐っていると、半日、車で走り続けてきた疲れだけでなく、過去三週間の疲労が背筋に重くにじみ出てくるようだった。

一度、白人の観光客が五、六人やってきて簡単に写真を撮って立ち去って行った。その後は、観光客も、Sの待っている土地の信者も現われない。私は退屈しきって、というより自然と意識が弛緩するけだるい思いのままに、ぼんやりあたりを見まわしていた。

改めて眺めると、石仏像の顔がどれも冷たいほど平静だった。とくに両眼を閉じた涅槃像の顔は、石そのものの顔のように無表情に近いことに気付く。十三世紀という比較的新しい時代に作られたものなのに、二千五百年前、仏陀そのひとが説いた教えそのもののように、静かに理性的だ。おどろおどろしい神秘主義、威圧するようなもの、慈悲と呼ばれる感情的なものさえ、ほとんど認められない。見るものの感情に狎れ合ってくるものが微塵もないのだ。静かすぎる顔立が、ふっと記号のように見える。この世界で最も深い真理の単純な記号のように。

仏像をかねてから私は好きではない。とくに優美とか、慈悲深いとか、高貴とか、円満とか、荘厳とか、人間的諸徳を言う形容詞を連想させ印象づけるような仏像を好きでない。怪異なヒンズーの神像もおぞましい。キリスト教の聖像、聖画も、とりわけ傷口の血までがなまなましく苦悶の表情たっぷりのイエスはりつけ像は嫌いである。

実はインドからわざわざ旅客機の便が不便を承知のうえで、トルコの中部高原カッパドキアの尖塔状岩群まで行ったのも、人間の姿に似せた画像を描き彫像をつくることを禁じられていた時代に、初期キリスト教徒たちがどんな聖なるかたちを洞穴内に描き刻み残していたかを、見たかったからである。偶像崇拝の禁止が解かれて、現在われわれが見るようなイエスやマリアや聖人や使徒たちの像を描き造ることを公認されてからの、ビザンチン様式の華麗な彩色壁画が、カッパドキアの幾つもの洞窟教会内にいまも保存され、美術史家や観光客たちの興味を年毎に集めるようになっているが、そういう人間的聖像画の類は全く興味がなかった。

新聞の企画のためには、まるで異星の表面を思わせる尖塔状の奇岩の乱立の写真を撮ったが、私自身はSが外から奇岩を撮っている間に、ひそかにできるだけ古く放置された岩の中の穴に入りこんでは、崩れかけた壁や煤のこびりついた天井に、偶像禁止時代の、人間の形をしていない聖なるかたち、記号を探して歩きまわったのだった。

そして私は見つけた。何十という洞穴の中を探しまわって、わずかに幾つかのかたちを。もう何日間かの余裕があったら、もっと見つけられたはずだ。いろいろの変化はあったが、共通して認められたのは、二重三重の同心円と四つ葉のクローバに似た十字形、およびその組み合わせだった（次ページの図①参照）。あるものは漆喰を荒塗りした壁面にべにがらのような顔料で描かれ、あるものは凝灰岩の壁に丁寧に金具で刻みこまれていた。

図 ①

初期キリスト教徒たちが魚の形を描いて符号としたという話を聞いた記憶があったのだが（西方のローマでのことだが）、魚に似た形はひとつもなかった。魚の形などという具象の形は互いの合言葉めいた符牒とはなりえたかもしれない。だが来たるべき終末を信じてあの不毛酷烈の地にひそんだ教徒たちの、強烈な信仰心に対応しうる聖なるかたちでは到底ありえなかったはずだ。それはこのように完全に非人間的、超具象的、抽象的なかたちでなければならない。私は深く自然に納得した。

多分こういうものにちがいないという予感はあった。というのはしばらく前にオーストラリアに行ったとき、大陸中心部の赤い巨岩の隅の洞穴の壁に、あるいはその付近の岩山の岩肌に刻みつけられた同心円のかたちを、私は幾つも見ていたからだ。目で見ただけではなく、心の奥の方に妖しく同調するものを確かに感じたのだ。それはいずれも原住民たちにとって聖なる場所とされていたところである。同心円あるいは渦巻なら、われわれの縄文土器あるいは土偶にも刻みつけられている。

四つ葉のクローバ状の形については、様々に変形された十字形が、エジプトから中近東地域にかけて太古以来、神聖な記号としてひろがっていたことを知っている。カッパドキアの小さな洞穴の中で、その形を眺め上げながら、私はこういう思いが心をかすめるのを感じたのだった。イエスが十字架上で死んで復活したから、この洞穴にこもった教徒たちが十字架形のかたちを刻んだのではなく、聖なる十字という記号がもとからこの地域の人々の心の奥にあったから、十字架で神の子が死んで復活したという神話も生まれひろまったにちがいない、と。

もちろんそんな神学的問題を本気で考えつめたわけではなかった。それよりも強く私の心を動かしたのは、いやおびやかしたのは、憑かれたようにして洞穴を探しまわりながら、目的の形を見つける度にシャッターを押し続けたカメラのフィルムが、実は全然巻き取られていなかったことだった。わざわざＡＳＡ４００の超感度フィルムを装塡しておいたのに。気がついたのは車がカッパドキアを離れてからで、フィルムを巻く手ごたえがおかしいと気付いて、目盛を見ると全然まわっていなかった。カメラのせいではないし、私はそういう点は本来粗忽ではない。そういう初歩的な失敗は、カメラを手にして二十余年間に一度もしたことはなかった。

　時間がなかったからあわてたんだよ、とSは慰めてくれたが、私には何者かが撮影を差し止めたのだ、としか考えられない。具象に堕落しない最も純粋な、本源の聖なるかたちを求めながら、それを簡単に機械にコピーしようとした私の手軽な気持を、何者かが止めようとしたのだ、と思われたのである（従って図①は記憶によって私が描いたものである）。

　ちょうど車は、大きな塩湖の岸を走っていた。岸からかなりの距離の部分まで、乾きかけた塩水が塩の結晶を析出して真白だった。陽射が一面にきらめいていた。不思議な気分だった。確かに私は私の心の最も深い部分の衝動のままに、洞穴を歩きまわった。あの不毛の洞穴にこもり、心の奥の奥の、啓示に近い深い感情に従ってあのかたちを刻みつけた人たちの心に、そのときの私の心は近かったはずだ。とすれば、手軽な私の動作を妨げたのは、あの壁に残っていた十字のかたちにこもる彼らの心でなければ、私自身の意識下の心ということになる。

　そもそも今回のカッパドキア行きそのものが、奇妙だった。私は約一年前に、数枚の写真と簡単な知識だけを頼りに、カッパドキアを訪れる小説を書いていたのだ。細かな点で苦労もしたが、それ以上に想像力豊かとは思っていなかった自分を駈りたてた力に、自分自身が驚いた。そしてちょうど一年後、思いがけなく実際にカッパドキアまで行く機会が突然訪れた。私が計画したのでも希望したのでもない。まるで私の小説が現実を呼び寄せたようだった。あるいは少し後に訪れることになるその異形の地の光景を、私の心がすでに見てしまっていたようだった。

これまで私が気付かなかった何か不思議な力のようなものが自分のまわりで、自分の内側で働き始めたのかもしれない……十分、二十分、三十分と岸の道路を走り続けても同じようにひろがってきらめき続ける塩湖の純白の光を眺めながら、初めてぼんやりと意識したそんな思いがけない感触が実に奇態だった……。

敬虔なはずの村民たちが一向に現われない。

私は岩から立ち上がってSのところに歩み寄った。先頃までは白象の肌を思わせる灰白色に乾いていた仏像が、幾分青味を帯び始めていた。仏像の背後に、切り立った崖の上で、複雑に枝のねじくれた樹の梢が金色に光っていた。

「もう夕暮だぞ、村の人なんか来ないよ」

と声をかけると、三脚を前に坐りこんでいたSは顔もあげないで答える。

「いや、来るね。ぼくは観光案内でこの場所の写真を見たときから、手前に花を手にしたはだしの信者を入れて撮ろうと決めてたんだ。それも黄色い花だ。白の衣服と褐色の腕と黄色い花、そして灰色の寝釈迦。それで決まりだ。ほら、仏さんの前の台に、しおれた花があるだろ。誰かが花を捧げにくる証拠さ」

確かに粗末なブリキの台の上に、黄色い花の束がしおれていた。

「ぼくがファインダーを覗いて、ここにあれが現われなければならない、と思うと、その通りに現われるんだ。鳥でも人間でも飛行機でも。いつもじゃないけどな。いまに必ず現われる」

苛立った声でSは怒ったように言う。カメラマンの中には普段はおとなしいのに、カメラを構え始めると人が違ったようになる人がいる。Sはとくにそのひとりで、本当にファインダーを覗き始めると、傍で何か言っても答えもしない。まるでレンズに心的エネルギーを集中して注ぎこみ、それで対象物を灼きつくそうとするようだ。たて続けに物も言わずにシャッターを切り終ると、精気をレンズに吸い取られたように、ぐったりする。いま彼はそんな特別な状態にあるようだった。私はまたSの傍を離れると、足の向くままにあたりをぶらつき始めた。

遺跡の全体はよく手入れされているが、一面の芝生というわけではない。ところどころに岩が露出し、枯れて横倒しになった老木もある。よく見ると幹は一本ではなく、細い枝が何本もねじれて絡み合ったまま枯死していた。白褐色に乾ききっているのに、何か動物めいてなまなましい骸だ。

その横倒しになった巨木の端をまわると一挙に視界が開けた。瘦せて貧しい針金のような雑草が一面に生えひろがっている彼方に、お椀を伏せた格好の巨大なストゥーパが、淡く紫色になりかけた雲ひとつない空に、どっしりと聳えたっていた。これまでもあたりをぼんやりと眺めまわしていたとき、少なくともその一部は見えていたはずなのに、なぜかいま初めて、それも一対一で向かい合ったようだった。顔の目だけでなく心の目でしっかりとその全容を捉えたという感じだ。

といって、精神を集中して凝視した、というのではなかった。むしろ逆に疲労は体の全細胞まで行きわたって、心の中まであたりと同じ湿気と熱気の溶け合った濃い空気にひたされていた。物はどれもはっきりと見えているのに、同じねっとりとした半透明の液の中に沈みこんでいるようだった。このあたりは五百年間もジャングルの中に埋まっていたのだな、と考える。涅槃仏も、いま立っている地面も、あのストゥーパも。槍の穂先のようなストゥーパの傘蓋《さんがい》の頂まで多分高さは二十メートルはあるだろう。少なくとも二十メートルの厚さで埋まっていた。樹の茂みだけだったか、土もまじっていたか。私も五百年間のなま暖かい土中の闇から、いま掘り出されたような気分に近い。

ストゥーパは二年前に初めてカトマンズで見ている。インドのサルナートでも下を通った。漢字では窣堵波、偸婆、卒塔婆などと書くが、日本で墓のうしろに立てる細長い薄板とはちがう。遺骨をおさめた土饅頭型墳墓に由来するもので、仏教では仏舎利をおさめて煉瓦を半球状に積み重ね、その頂に平頭という四角い壇のようなものをのせ、その上にさらに先の尖った傘蓋（あるいは相輪）を立てる（図②参照）。一般にのちの仏塔の原型と思われるが、本来のストゥーパは塔というより半球である。

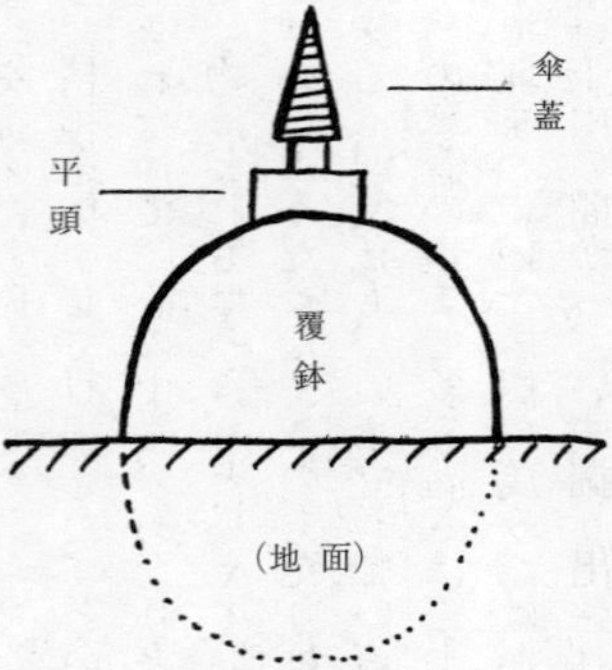

図②

だがサルナートで見たそれは本体が崩れかけて傘蓋も平頭もなかった気がするし、カトマンズにはこれよりさらに壮大なストゥーパがふたつあるが、平頭の四面に奇怪な目が描きこまれていて、まずその三白眼の巨眼に目がいってしまい、ストゥーパの全体を平静に眺められない。いま初めて、ガンダーラで仏像が作られるまで、初期仏教徒たちにとって基本的な信仰のかたちだったストゥーパに出会った気がした。思いがけなく、完全な静寂の中で、ひどく身近な気分で。

恐らくつくられた当時は表面に白い漆喰が厚く塗られ、傘蓋は金色だったにちがいない。一部に漆喰の白が薄汚れながら残っているが、ほとんどの半球の表面は煉瓦の土が剝き出しだ。だが形は少しも崩れていない。傘蓋は正確な円錐形で鋭く天を指し、覆鉢は見事に丸味を帯びて豊かに半球である。韓国の慶州市内や中国の西安（長安）市外には、大きさからはこれよりはるかに大きな土饅頭型王陵が幾つもあるが、土を盛り上げた王陵は半ば人工、半ば自然な小山でしかない。だが煉瓦を正確に積み重ねたこのストゥーパは完全な造型であり、人工のかたちである。

そんなことをぼんやり思い出したり思いついたりしながら、夕暮近い空に鮮やかに浮き出したストゥーパを眺めていると、茫漠としていた意識はますます現実の遠近感、起伏感を失って、ストゥーパはいっそうひとつのかたちとなり、地面にお椀あるいは鉢を伏せたかたちというより、一個の球体の下半分を地中に埋めたように見えてくる。自然にそう見えた。地上の半球表面がざらざらの土そっくりの色と感触を帯びているからかもしれない。

そしてその巨大な球体の内部では、地面の水平線と、傘蓋をとおる垂線とが、中心で十字に交わっている――という幻視図がありありと浮かび、仏像以前の仏教のその聖なるかたちは、聖像画以前のカッパドキアの洞穴の壁のかたちと同じではないかと気付き、仄暗い水底にゆらゆらと沈みこんでゆくような、息苦しいが不快ではない気分、意識が薄れながらも妙に冴え冴えと明晰な感覚を覚えるのだった。あたりが一面に急に暗くなったようで、しかも透きとおって感じられる。全身の脱力感と同時に、不思議な力がどこからか伝わってくる。

そのとき不意に、言葉ではないなまの思念だけが、全身にじかにしみとおってくるのを感じた。決してあいまいでも思わせぶりでも神秘的でもなかった。さり気ない調子で、すっとそれは私の中を過ぎた。それはこういう風に感じとれた──もう若くもないのに、無理してよその国の土地を、それもかすめ通るだけのような仕方で、歩きまわってばかりいてどうなる？　自分の土地を知らなければ。

普段でも私はよくふっと思いがけないことがとりとめなく思い浮かんだりする方だが、こんなにはっきりと、目がさめてからも少しも薄れない夢のように（そういう夢は三、四年に一度ぐらいしかないことだが）聞こえたのは、記憶している限り初めてのことだった。

奇異の感はなかった。その通りだ、と素直に思った。首すじと肘の内側に粘りついている汗と土ぼこり、胃にもたれ続けているスパイスの強すぎた昼食、背骨に鉛を流しこんだような疲労感、始終ひりついている脱肛。本当にもう若くはないのだ。もうこんなことはやめなければ。実際、自分の国を知らないからな。

私は十六歳まで外地で育ったが、敗戦で本土に引き揚げてくるときの実感は「引き揚げ」ではなく「強制移住」だった。翌年から東京の高校に入ったが、内地という異郷への反感に近い違和感と、旅行などする経済的、精神的余裕もないまま、休暇は東京と父の郷里の広島県の間を往復するだけだった。新聞社に就職してからはすぐ外報部に配属され、地方支局には行っていない。従って出張は外国ばかりだった。

歪《いびつ》だよなあ、と改めてそんなこれまでの自分を思い返しながら、私は自分に言った。考えてみればその通りなのだが、これまではそれほど自分を異常とは思わなかった。実際に国内を知らないんだから仕方ないし、外報部が仕事なのだから別に差し支えもなかった。

それにしても、こんなスリランカの山奥の廃墟の中で、急にそんな自分の偏りに気づくなんて妙なことだ。いや私が考えたのではない、何かが私にそう思いこませたのだが、それはいっそう奇妙なことにちがいなかった。

いつのまにかストゥーパの一部に、熱帯の夕陽が射し始めていた。槍の穂先のような傘蓋の頂も、鬱金《うこん》の色に染まっていた。ねっとりと赤黒く、血よりも濃く暗く色づいた古い煉瓦の巨大な球体は、五百年の地下の闇からたったいま掘り出されたばかりのようになまなましく、異様な生気に息づいているように見えた。

これまでに見た、どんなに見事に仕上げられた仏像からも感じたことのない、心の奥のさらにそのまた奥が自然に開かれるような気分を覚えた。球体はそこ廃墟のはずれの草原の中に聳えながら、同時に私の心の奥に見えたり隠れたりしていた。不気味な力を黒々と凝縮しながら、その形は晴れやかに完全だった。何という静謐に充ちた力強さだろう。それがこれまでの私という存在の歪さをやさしく照らし出したように思えた。

「おーい、帰るよ」

三脚を肩にかついでSが草原の小道を近づいてくる。

「信者は来なかったのか」

「もう暗くなった、明日の朝はきっと現われる。早起きして来て待つさ」

そう言ってSは、私の傍を通り過ぎて小道を遠ざかってゆく。私もゆっくりとその後を追う。ひときわ高いストゥーパだけでなく、樹々の梢も崖の肌も気味悪く赤く染まっている。疲労がまたけだるく全身に沈みこんでくる。

ネパールでばかなことをした。ヒマラヤの山麓の山間部の段々畠を、乱気流にあおられながらヘリコプターから撮影するという無茶な仕事を終えた夜、これで全部仕事は終りだ、と気を許して私とSはホテルの部屋で、ウイスキーをかなり飲んだ。ウイスキーはコロンボ空港を発つときに買った最上級のスコッチだったが、オン・ザ・ロックで飲んだのである。それまでの旅行中、ずっとなま水は飲まないように十分注意してきたのに、氷がなま水で作られるということに、私もSも少しも思い至らなかったのだ。

翌日から猛烈な下痢に悩まされ、ふらふらになって帰国した。帰ってからいろいろ薬を飲んでも一向に下痢がなおらないうえ、胃までおかしい。地面を歩きながら宙を浮いているような脱力感だ。いつでも外国から戻るとそうなのだが、体は確かに自分の国に戻っているのに、気分の方はまだ歩きまわってきた外国の事物の強烈な印象の中にいる。とくに今回は秘境めいた場所を急いで訪ねまわってきただけに、体は消え入りそうに頼りないのに、気分だけはあやしくたかぶり続けた。

地下鉄の階段をのろのろと降りる自分の姿を、二、三メートル上の高みから、もうひとつの自分がいらいらと眺めおろしている。ガンジス川岸のベナレスで、頭の先まで川に浸ってお祈りするヒンズー教徒、実は来もしなかった世界の終末と最後の審判を信じて、岩の壁に丸十字のしるしを刻み続けたキリスト教徒、ジャングルを切り開いて信じ難いように巨大なストゥーパを築き上げた仏教徒――そうした人々のおぞましいほど激しい魂の震動、狂おしいような持続のエネルギーが、私の心をゆすり続けるようだった。悪い夢の夜が重なり、昼間もぼんやりと幻に犯されているような気分が続く。

そうしてひと月もたたない頃、新聞社の日曜版編集部の部長に呼ばれた。

「話したいことがある。時間あるか」

「時間はある。ただずっとぼんやりしているんだ」

「そういえば痩せたな」

九階の喫茶室に行く。

「今度はアフリカか南極へでも行けというんじゃないだろうな。外に出るのは嫌いじゃないが、あわただしくよその土地を駈けまわるのは……」

窓から高層ビルの群が見える。どれもがっしりと角張って壮麗だ。だがどうしてビルはどれも四角ばかりなんだろう。いつも見慣れてきたはずの眺めなのに、そんなことが改めて気になる。

「外国ばかり歩いてたんでは……」

と繰り返すと、ポロンナルワのストゥーパの姿が鮮やかに浮かんだ。どうしてここには丸いビルというのはないのだろう。

「外国じゃないんだ。国内を少し歩いてもらいたいと思ってね」

向かい合って坐った日曜版部長の顔も声もはっきりと見え聞こえているのに、妙な具合だ。まるで彼の肥った体の中の方から、その声が空洞に反響しながらひびきのぼってくる。いや、私自身の内側からのようだ。

「どうだ、駄目なら企画を考え直す」

人間というのは外から眺めると、手足があって頭がついていて、ご丁寧にその頭にさらに耳なんていう突起まであって、本当に妙な形をしているな、と思う。だが私は自分というものを、そんな妙な形には考えていない。こいつだってそうだろう。じゃどんな形で感じているのだろう。何となく、できるだけ丸いような形ではないだろうか。といって相手から見れば、私もひと口には言えない奇妙に突き出たり凹んだりくびれたりして、ぶよぶよとしわの寄った格好にしか見えないはずだ。

「どうしたんだ、変な顔をして。いやならいやとはっきり言ってくれていいんだ」

胸が激しく動悸を打っている。こういうことだったのか、と他人のことのように考える。おれが望んだことでは絶対にない。ストゥーパの形はぼんやり記憶に残っていたが、あれに向かい合って聞いた不思議な声のことは、実はたったいま自分の口で同じことを言い始めるまで、ほとんど忘れかけていた。急に無性におかしくなる。声を上げて笑い出しそうになる。

「どうした、変だぞ、お前」

確かに私が望んだのではない。だからかえって気味悪くおかしいのだ。何か私の意志を越えた意識のようなものが確かに働いている。

「命令じゃないぜ。あんたの意志次第だ」

確かに誰の命令でもないし、私の意志でもない。と私は心の中で答える。これはすでに起こっていたことなのだ。同じひとつのことが、一方ではスリランカの廃墟で私の心に現われ、ほとんど同時に新聞社の新しい企画として現われる。私ひとりの心の中だけに起こったことは幻想で、実際に私の外で起こったことだけが現実だといえるか。むしろ逆だとも言えるじゃないか。あの夕暮れの廃墟でストゥーパの姿に魅せられながら、私は決して自分自身の言葉でも感情でもなく、他の何ものかの声として現実にあの不思議な声を聞いた。あの否応ない現実感に比べれば、いまこの話の方が夢のようだ。

「とにかくやらせてもらうよ」

私は心の中にめまいのようなものを覚えながら、努めて穏やかに言った。

窓の向こうでビルの列が午後の陽に輝いていた。どうして丸いビルというのはないんだろうとまた考える。円筒形ではなく、完全に球形のビル。少なくとも半球形のビルでもあれば心が安まるかもしれないのに。

新しい企画というのは、その季節の有名な俳句を選び、それにふさわしいカラー写真を撮って、さらにエッセイ風の文章をつけるというものだった。

俳句と言われてたじろいだ。和歌よりは多少親しみがあったと言っても、芭蕉を少し読んだことがある程度だ。俳句入門書の類を何冊か買ってきて読み始めながら、率直に言って、いまさら、というみじめな思いに苦しめられた。

新しい企画の最初の何回かはいつもそうだが、一体どんなものができるのか、強い不安な思いのままに、カメラマンとふたりで、山形、京都、日光、青森、新潟、北海道と歩き始めた。東海、山陽沿線は初めてではなかったが、北の方はこれまで埼玉県の大宮市が北限だったのだ。新潟も甲府も初めてだった。まるで初めての外国に行くように、その地方と町の案内書を買い、また城の俳句なら日本の城の歴史の本を、青森に雪女の句を撮りに行くときは雪女の伝説の本を抱えて、車中で、機中で、旅館の寝床で読んだ。奈良では撮影が終ったあとも、古い寺を初めて幾つも見てまわった。

とくに危険でもなければ競争もなく、ある意味ではのん気な仕事の苦労を大仰に並べたてる気はない。これまで余りに知らなすぎた土地のこと、俳句のこと、それに関する古い様々な事柄を少しずつ身につけてゆく充実感を、隠す気もない。だが日本の古い土地を訪れ歩きながら、その土地、建物、器物、祭りおよびそれぞれの俳句に詠いこめられている伝統的な感受性を、一度自分の心の中に沈め、自分の奥にひびき合い照らし出すものを、すくい上げて文章にするという仕事を続けているうちに、自分がどんどん自分の内側に後向きにのめりこんでゆくような感じも覚え始めたのだった。

それは必ずしも不安だけとはいえない。いわば自分という一本の木の幾つもの根、さらにその先の細かな毛根――つまり自分だけのささやかな、取るに足らぬような日常のいろいろの感覚、不安なもの、安らぐもの、懐しいものが、意外に、日本という自然、風土、民族性、習慣、生活の仕方、心の構造などの広く深い土壌につながっていることを発見することもできた。

日本は思いがけなく複雑だった。日本的などというひとつの観念で括れるようなものではなかった。これまで朝鮮半島で、黄河流域で、揚子江下流地帯で、インドシナ半島で、インドで、ソ連で、ユーラシア大陸の東半部の各地で見てきた様々の要素が、この東の端の島に流れこんで共存していた。お互いには相反する北アジア的なものと南アジア的なものが、ともに流れこんでいた。まるでユーラシア大陸東半部の諸文化の漏斗状の吸いこみ口のように思えた。シベリアからの刺すような寒風が砂を巻き上げて吹きつける石狩川の河口でも、熱帯樹の広い葉がばさりばさりとけだるく揺れる九州南端の海岸でも、私は自分自身の一部を感じた。

わずかな間にあわただしくまわった限りの土地で、強く興味を覚えたのがたとえば日光だった。俗悪とも言われるあの陽明門を見上げながら、インドと中国とシベリアの感覚の豊かな凝集を見た。洗練された京都の庭よりも、私は日本を感じた。東照宮に行ったのは小雨のそぼふる秋の夕暮で、うっそうと茂ったまわりの山の斜面の森から、絶え間なく霧が湧き出して沈みこんでくる。車で長く暗い杉並木の中を走って登ってきたせいもあっただろう。産道を遡って胎内に戻ったような懐しい安心感だった。

もちろん吉野とか熊野とか伊勢とか、あるいは遠野とか飛騨とか、古い日本の文化が長く淀み醱酵した土地が、他に幾らでもあるだろう。だが、たまたま選ばれた季節毎の俳句にゆかりの場所を偶然に訪れ歩いた限り、私が最も自然に共感を覚えたのが、日光であり甲府でありそして出雲だった。ということは、盆地ないし谷間の空間だったのだ。秋晴れの甲府盆地を、飯田龍太氏の自宅のある斜面から見渡した眺望も良かったし、逆に冬の初め盆地の底から朝霧の上高く聳える白雪の南アルプスの峰を仰ぎ見たときも、体が震える思いがした。

そうして新年用の「去年今年《こぞことし》貫く棒の如きもの」という虚子の句の写真を撮りに、暮近く私とカメラマンは出雲大社に飛んだ。出雲大社の有名な注連縄《しめなわ》のうねりねじれる力を撮るためだった。

注連縄そのものも予想を越える力強いイメージだったが、それ以上に私の心は大社の広い境内に入ったときから、強い霊気のような力を感じとっていた。大社造りと呼ばれる本殿の壮大な建物（太古は百メートル近い高さがあったという言い伝えもある）、出雲国造という古代の官名をそのままに残し伝える宮司が現在八十三代目だという事実、それに急いで読んだり聞いたりした古代出雲についての幾つかの神話や伝説や歴史的事実など、そういうのも確かに作用していたにはちがいないが、それ以上にじかに私の心を捉えたのは、大社の背後に連なっている山の樹々から流れてくる霧、茫々としてしかも絶え間なくくるめく微細な水滴の運動だった。

日光ほど山は高くも深くもないのに、どういう特殊な地形の条件なのか、霧は同じように濃く白く、ひどく深い谷間か盆地の底にいる感じなのだ。あのストゥーパの巨大な球体の地上に出た部分を陽の半球だとすれば、この空間は地下の陰の半球であり、いま私は半球上の凹みの底にいるのだという感じがしきりにした。あのときと同じように陰々としてしかも晴れやかな気分が静かに私を充たした。知識はないが肌の感覚で、私はこの土地が(恐らく日光のあたりも)遥かに古くからの聖なる土地だったにちがいないとわかる。心の細胞の一個一個があやしくざわめき出すのを感じた。

カメラマンは注連縄を撮り続けているはずだった。私はひとりひと気ない神殿の後のあたりに立って、背後の山を見上げていた。蒼古の暗い気配に包まれて体ごと地下に沈みこむようだった。と、体の中をかなりはっきりした思いが過《よぎ》った――こんな後にばかり引きこまれていてはだめになるぞ。前に向かっても自分を開かないと。

今度は驚かなかった。むしろ半ば予期していたことが起こった安堵感さえあった。いまはっきりと聞こえたことを、すでに何か月も前から漠然と感じていたことごとを思い出した。

拝殿の前に戻るとカメラマンは、カメラを片付け始めていた。

「いい写真が撮れたと思うよ。注連縄のねじれがすごい迫力だ」

Sとちがって私より年上の温厚な老カメラマンは、穏やかに言った。低く垂れこめていた雲が急に晴れ始め、霧も薄れ始めていた。

後向きでないこととは一体何なのだろう、夢から覚めかけるような思いで、私は心の中で呟いた。今度は何が起こるのだろう。

すでに私は気付き始めていた——異様に生気の高まった状態で、自分の中に起こることは、遠からずどこかで必ず、外的な事柄としても起こるのだ、と。私が起こすのでもないが、私と全く無関係の何かが起こるのでもない。どちらが原因でも結果でもない。もしそれが異常な事態なのなら、私は次第にそんな異様な領域に近づいている。

自分でも意外なほど冷静にそう思った。ある特殊な状態で私の心の内側に起こることと外側で起こることとが、地底でひそかにつながっているふたつの湖のように、どこか見えない領域でつながっている。離れてつながっているだけではない。分かち難く絡み合ってねじれている。

いつ頃からか、普通に現実と思っているものより奥に、何かもっとなまなましく、掌で思いきり握りしめることのできるような何かがあるはずだ、と思い続けてきたが、〝それ〟がこれだったのだろうか。こんなわけのわからない、説明のつかないようなことだったのか——心のたかぶりと怯えとを同時に強く感じながら、足早に境内を出た。

《……私の子供のころは数え年だった。正月にひとつ年をとるのである。家の中も外も自分の部屋も大掃除して、新しい下着を枕元にたたんで大晦日の夜、寝床に入る。これから自分は（恐らく世界も）、きょうまでの自分と変るのだ、と思う。灯を消すと、暗い天井と屋根の上で、不思議な力が静かに渦を巻き始めるような気がする。それを盗み見てやろうと、暗闇の中で目をこらしているうちに眠ってしまう。

《……ふだんの日々、ふと気付いて耳をすますと、あらゆるものがただ流れ去ってゆくだけのようなむなしさに襲われることが多い。だがそういうむなしく流れるだけの時間の奥に、もうひとつの時間があるのではないか。原初の混沌のただ中から、混沌そのものが自らうねり始め動き出して形をとり始めたとき——それは同時に意識の最初の微光が光り始めたときでもあって、そういう生成の時間はふだんは隠されていて、時あって、たとえば大晦日から新年への深夜、あるいは時代が、個人の心が、異常にたかぶり高まって乱れたとき、あらわに姿を現わす。

《……時計の針には現われない、私たちの心だけがひそかに知っている、そのような深く大いなる時の姿を求めて、私は日本で最も古い神社のひとつ、出雲大社まで来た。そして拝殿の注連縄に心を奪われた……。

暮近い日の午後、私は編集部の隅で、虚子の句と注連縄のカラー写真につける文章を書いていた。書きながら出雲で感じた異様な心のたかぶりが次第に甦ってくる。

《……重さ一・五トン、長さ七メートル。だが単に大きいというだけではなかった。念入りに干された宍道湖の真薦《まこも》で綯われた大縄のうねりの力強さに、心を吸い取られるようだった。

少しちがうな、と消して書き直す。

ってくる。

《……心が妖しく息づき始めるのだった。ふだんの意識では感じられない、とてつもなく大いなる名づけ難きものの存在とその測りしれぬしなやかな力が、なまなましくしみとおってくる。

《……神域を限る注連縄は日本だけのものではない。だが世界で最も古い土器である縄文土器や土偶の表面にも、同じようなうねりと模様、渦巻の形がある。われわれの祖先は、この世界を創り出し成り立たせている最も深い力について、畏怖と畏敬と……。

また少しちがうな、と思う。それはいつか誰かが考え出した卓抜なかたち、というよりむしろ実在の力そのものがおのずからかたちをとった、というべきだ。だが、実際にはやはり誰かが作ったのだろう。誰かの心にその単純で力強いかたちが浮かんだのだろうが、それは別のことではないのだ。

早い冬の日はすでに沈みかけて、高層ビルの並びが影のように、水底のような弱い光の中に浮かび出している。自然と、カッパドキアの同心円、ふくよかな十字のかたち、ポロンナルワの天を指す半球の形が思い浮かぶ。それらの形が身をよじって動き出せば注連縄の渦巻のうねりになる。だが陰陽二重の螺旋のかたちには、動き出したもの、不断の変化にさらされたものの、かすかだが底深い不安の気配もこもっている。意識と現実というふたつの面に分裂してしか目に見えるようにはならない、つまりそのものそれ自身では現象できない、実在の悲しみのようなものさえ感じられる。

そのとき電話が鳴る。緊張した気分を電話で中断されたくない。ほっておく。だが電話は一度切れて、すぐまた鳴る。執拗な鳴り方だ。舌打ちして受話器をとる。

「広告部のWだけど（部長の名だ）、折り入って頼みがある。いまあいてる？」

「もうすぐあくけどどんなこと？」

広告部と直接には仕事の関係はないが、急に胸騒ぎに似た強い予感がする。

「あとでくわしく説明してお願いするけど、実は対談のシリーズをしてもらえないかと思ってね」

「どんな対談？」

「科学の対談。第一線の科学者たちと、たとえば……」

受話器を耳にあてたまま、しんとあたりじゅうが静まり返るような気分を覚える。そういうことだったのだ。広告の仕事も、科学の仕事も全く初めてのことだが、少しも意外な気がしなかった。私の心が、心そのものが偏りを正そうとしている。前方にも開いた円《まど》かなかたちを実現しようとしている。いや実在が本来動き続ける円《まど》かなもので、いまWの声として私に語りかけているのは、そんな実在の意志に他ならない。私を動かしているのは私ではない。私はもうこの私のものではない。

そういうことになっていたのだ。あたりじゅうに積み上げられて蛍光灯に照らされている新聞や雑誌や資料の山、みるみる暗くなる窓の外のビルの影、私の心の薄明を漂う様々な過去の断片——そうした目に見えるすべての物あるいはぼんやりと見えかくれする気配のようなものを、同じようにそっと包みこみ巻きこみながら、心の奥から空の果てへと、ゆっくりと回転する静かに力強い巨大な渦がうねり昇っているのを、一瞬はっきりと見た気がする。

29歳のよろい戸

この夏は二度も台風が房総半島の端をかすめ過ぎて、激しい風と雨が関東地方一帯を荒れまわり、わたしもひと気ない深夜の海岸埋め立て地に車をとめて、まだ残っている葦の強《こわ》い茂みが狂ったように身をよじる闇のなかを、レインコートの襟に顎を埋め、ネッカチーフで幾ら固く縛っても吹き乱れるぐしょ濡れの髪を両手でおさえながらひとり歩きまわって、何年振りかに軀じゅうの血が泡立って震えるような快感を味わったけれども、そんな台風のせいでこのよろい戸がいっぺんにペンキが剝げたり色が変わったりしたはずはない（蔦の葉はかなり引きちぎられたとしても）、と頭ではわかっているつもりだが、七年振りにいま目の前にしているよろい戸の変わりようはどうだろう。七年前には何のためらいもなく白いよろい戸と感じながら、それは哀惜と憎しみの微妙にまじり合って自分でもよくわからない感情だったが、あの戸を内側から思いきり押しあけて庭におり、ちょうどいまわたしが坐りこんでいるこのあたりの芝生を横切って、自分では悠々と歩いたつもりだったが恐らくは逃亡者のせわしなく乱れた早足で駆け抜けて、この館を出て行って以来、ずっとわたしの中でよろい戸はただ白かった。といって、その白は純潔とか清澄という連想を誘う単純な白ではなく、昭和の初めに若くして家を継いだ父が、わざわざ横浜の外人貿易商の屋敷を買い取って建て直させたという、この地方では珍しい洋館にまつわる様々な事柄――戦争中は毛唐屋敷とかスパイの家といって石を投げられ、戦後には一転して小学生たちが社会科の見学にぞろぞろと見学に来るといったような、世間の好奇心と嫉妬心と警戒心のまじり合った出来事の名残りがおぞましく染みこんでいるだけでなく、戦前は強欲な地主、戦後の農地解放のあとは農地以上に持っていた山林の木を、戦災復興用に続々と切り出して売りまくった資金を元に、政界の裏面で政治家というより政治屋として暗躍した父の、これまた華やかさと後暗さ、抜け目なさと発作的な神経質、舞台裏に徹する自制心といやらしい傲岸さといった相反する性格と行動の刻印が重なり合い溶け合いながら、時間の垢ときらめきを帯びて深々と沈みこんだ、そんな白だった。

それでもいまこの地方の十一月という季節には珍しく風のない晴れた午後の明るい日ざしに、あられもなく照らし出されているよろい戸に比べれば、ともかくも白かったので、それだからこの館の外での七年間の、めまぐるしく変転し浮き沈みした日夜の、昼は暗くよどみ夜は妖しく明るかった時間の渦巻の一番底の方に、このよろい戸の記憶はいつもひっそりと、それだけがほんとうの、ありのままの、あるいはそうと信じたいわたし自身そのもののように燐光を放って生き続けてきたのだったが、その白がなぜか薄汚れて見える、いやどうしようもなく汚れて見える。すっきりと薄く細長い板が美しいとしか言いようのない正確さで平行に並んでいたその並びが乱れ、よろい板の一枚一枚の表にも裏にも丹念に塗られていた白ペンキがめくれ剝げかけているのがわかるのだが、台風のせいでなければ自然な時の流れによる古さのためということになるわけだけれども、それとも何かちがう。一面に灰色がかって艶を失いつくしたこの白は、死相を帯びている、死にかけている、八十三歳の老人が死の床に横たわっている館の窓の戸にふさわしい色ではないかと気づいてほっとする気持の裏から、けだるい思いが埋め立て地の低い地面にどこからか滲み上がってくる濃くよどんだ水のように溜り始める。七年前には老人斑が顔じゅうにしみ出しながら、顔色もまだ艶があり目も狂おしい光を沈めていたのに、いま父の顔の皮膚《あく》も眼球も灰色の薄膜に覆われ始め、生涯に溜りに溜った悪徳、汚辱、淫乱、自己満足の灰汁がしなびきった体の表面に浮き出してきているのだ。もう十五年も前に死んだ母の場合は、父のもとに心ならずも連れてこられて以来のひたすら屈辱と忍従の年月が浄化したにちがいないいのちが白臘《ろう》の清らかさとなって現われ、ここより少し奥の小さな村の落ちぶれかけた旧家の、当時この地方一帯に知られた娘時代の﨟たけた美しさが死期が迫るとともに刻々に甦ってきて、当時まだ幾人も存命だった親類の人たちは臨終の床で、そんな母に言い合わせたように手を合わせて震え、悲しむよりむしろ怖れおののいて、お経の文句を声高に唱え続けながら「有難いことじゃ、有難いことじゃ」と口々に呟いたが、わたしには「怖ろしいことじゃ」というように聞こえ、「姉さまは息を引き取る前から仏さまになりよったんよ。どんなにか切なかったろうに。あんたも拝みんさい」と、関西から駆けつけた叔母がしきりにそうせっつくのに、わたしはかたくなに身を固くして黙り続け、心の中で言い続けた——何が仏さまよ、父の言いなりになって、文句ひとつ言えないで、家出する知恵も自殺する勇気もなくて、生きているうちから死んでいたような、息をしていただけのミイラ。わたしは思いきり生きてやる、生きてやるわよ。

そのときも父は東京に出かけてどこに行ったかわからず、帰ってきたのは通夜も終わって葬式の始まる直前で、わたしはいきなり父に抱きつくと両手で思いきり父の胸を叩きながら不覚にも泣きじゃくってしまったのだが、そのときの拳の痛みの記憶がいまもかすかに残っているのは、父の胸がまだその頃は厚かったからではなく、燕尾服の下にイカの骨のような亜麻布製の硬胸をつけていたからで、どうしてそのとき燕尾服など着ていたのかわからないが、普通日本人の男が着ると、チンドン屋じみて見える燕尾服が、均斉のとれた長身の父にはよく似合った。わたしも肩のところが盛り上がって裾にレースのついた小さな白いドレスをわざわざ作ってもらい、小学校のころからそれを着せてもらっては父について華やかな場所に行くのが何より好きで、母がそういう場所を好まなかっただけでなく、年をとってから生まれたひとり娘のわたしを父はとても可愛がったし(十年以上前に兄が死産だった)、わたしも小さな貴婦人のドレスの似合うおしゃまな娘だったから、父はわたしが学校を休むのも平気で、いろんなところに連れ歩いた。大臣のばか息子と女優の結婚披露宴、出入りの厳重な議員会館、赤坂の料亭の奥座敷、株屋の応接室、それに愛人たちに出させている小料理屋や美容室やそのすまいの高級アパートまで。金離れがよくておし出しの立派な父は髪が白くなりかけてからも女たちに好かれたが、そのうちでもわたしが一番好きだったのは、築地で踊りの師匠をしている芸者あがりの女で、にぎやかな銀座通りからトラックの多い昭和通りを越えると、急にその頃はまだ別世界のように落着いた下町風の家並の路地があり、路地から格子戸をあけるとそこはもう家の中、という長屋風のつくりがとても珍しく、あたりじゅうの家の出窓にも軒下にも、鉢植えのいろんな花やサボテンや盆栽がびっしりと並んでいて、いつもどこからか三味線の音が聞こえ、干物を焼くにおいや揚げものの油のにおいがにおい、そのあたりだけ空気が濃いのではないかといつも思った。その女も裏日本の育ちの気さくさで情が深く、わたしを親身に可愛がって近くの銭湯にも一緒に連れて行ってくれ、それがまた楽しみで、湯気のたちこめる洗い場にこーんこーんとひびく桶を置く音を夢のように聞いたりしたが、わたしの内股にあるホクロを見つけたのもその女だった。「お嬢ちゃんも男で苦労しますねえ」と妙にしんみりと言いながら、ほとんど同じところにあるホクロも見せてくれたが、それまでそんなところにホクロがあるなんて全く知らなかった。その長屋の小さな家には若いお弟子さんも住みこんでいて、そのひとと一緒によく佃の渡し場の方まで散歩にも行った。父の家の近くの川は鉄橋までかかっていながら大雨のあとでもなければ川幅のほとんどは砂利と雑草の河原ばかりなのに、海の潮の香がして鷗まで飛んでくる佃のあたりの川は、恐ろしく水が一杯で、いつも黒々とうねっていて、いろんな舟が上ったり下ったりする度に、コンクリートの岸に波がばしゃんばしゃんとたてる音が、わたしの軀のなかまでひびいてくるようでうっとりしてくる。溢れ返る黒くねっとりした水を眺めながら潮の濃いにおいをかいでいると、なぜかいつも生き返ったような、酔ったような気持になって日が傾くのも気がつかぬくらい。といってたまに早目に帰ろうとすると、お弟子さんがあわててお汁粉屋かなんかに誘って、日が暮れ始めて戻ってくると、路地の軒下に並んだ鉢植えの鶏頭の花が、ちょうど路地に沿ってさしこんでくる夕日に照らされて、黒ずんで見えるほど赤々と染まっている。鶏頭の花はどれもとても大きくて、頂がひだひだになってくびれていて、葉っぱが枯れかけても、細かなブツブツがびっしりと並んだその盛り上がったひだはいつもなまなましく赤くて、見ているといつも息苦しいようなヘンな気分になった。

鶏頭の花はそこのよろい戸の下にも植えてあった気もするが、いまは蔦の残り葉だけが赤い。昔まだ手入れをする男たちのいた頃は、窓の上まで伸びようとする蔦の蔓はいつもきれいに摘み取られ、よろい戸はどの窓も縦長の正確な四角の形を見せていて、春から秋の間はびっしりと重なり合った蔦の葉の緑の中に、よろい戸が薄青く染まって見えるほど鮮やかに白かったのに、もうほとんど手入れされていない蔦はいまや伸び放題で、とくにこの七年間開かれなかったわたしの部屋のよろい戸は、四方からじりじりと伸びてきた蔦に無残に侵され、よろい板が死にかけた灰色に変わっているのも、蔓の吸盤からにじみ出る分泌液がペンキよりも内部の板そのものを腐蝕させ続けてきたからで、蔦の葉は窓と窓の間の壁を太い蔓が伸びている部分ではわたしの掌などよりずっと大きいが、伸び出している細い蔓の先端では手の爪ほども小さく、といってどんなに小さくても葉の形は正確に同じで色も同じ、鮮やかに赤いだけでなく、熟し切った深々と暗い赤で、その気持悪いほど艶々と濃く赤い残り葉が、いま貪婪に秋の最後の光と熱を吸い取り続けている。

あすあたりから天気は崩れて木枯しになるでしょう、と天気予報は言っている。

きょうは多分もつだろうが、あすは危い、と医者は言っている。

かつては白々と四角な形を美しく浮き出していたよろい戸が、色あせながら、秋の最後の蔦の葉の物狂おしく暗い赤に侵されているのを見つめていると、軀の奥からじわりと粘りつくような赤黒いものが炙《あぶ》り出され滲み出してきて、軀じゅうの皮膚を浸してゆくような気分になるが、それは必ずしも不快ではなくて、むしろ懐しいような、本来のわたしを取り戻すような気分、よろい戸とともに時の停まっていたわたしだけの孤独の感触なのだ。あれは十五歳を過ぎていなかった気がする。赤っぽく濁った月がよろい板の隙間をひどくゆっくりと昇っていった夜、よろい戸はきしみもしなかったのに、ぼんやりと輪郭のあいまいな黒い影が窓の内側に立ったと思うと、足音もなく寝台に近づいてきて、いきなりわたしの上に覆いかぶさったが、決して乱暴にではなくむしろやさしく抱きすくめるように、だがあらがいようのない圧倒的な力で、羽交い絞めにする。声も出ないほど怖ろしくて軀はこまかく震えおののくのに、自分でもわからないあられもないうねりが、軀の奥の方から次第に強くこみあげてきて、いつのまにかぐったりと手脚の緊張がゆるんで、自分の全体が闇に溶けこんでゆくようだった。あれが夢だったとは思えない。最初は夢だったかもしれないが、やがて夜毎に（もう月は昇らなくても）半睡半覚醒の甘美な幻となり後めたい想像となって、わたしは自分から胸をはだけ、腕と脚を開いて待った、抱きすくめられるのを、唇をふさがれるのを、乳房を押さえつけられるのを、何かがやさしく荒々しくわたしの軀の奥深くおし入ってくるのを、恥かしいわたしのものではない暗い声がのどをおしのぼってくるのを。そして白いよろい戸だけがほの白く浮かび出しているなま温くほの暗い部屋一杯に、大きな赤い花がぬらぬらと揺れながら艶やかに濡れた花弁を開いて、その真中に青白く伸びた蕊《しべ》がひくひくと震えているのが、目をしっかり閉じていても見えるようになった。その頃——びらびらのたくさんついたドレスはもうすっかり小さくなり、父は山林を切りつくし売りつくして、出すものがなくなりかければもともとそれ以外の力も能力もなかったのだから、もう利用してくれるものもいなくなり、それに政治も戦後のあやしげな政治屋、政商の入り乱れた時代が終わって、ここから電車で三時間、車でも二時間以上かかる東京へ出かけることも、週に一度になり、月に一度になり、やがては年に一度になって、ぱったりととまってしまって、一時は入れかわり立ちかわり十人以上もいた秘書、書生、居候、男女の使用人たちもいつのまにかいなくなって結局、昔から家事を取りしきってきた遠縁のおばさんひとりになってしまった孤独の時期を、わたしが生き続けられたのも、考えてみればその夜毎のふしぎな訪問者のおかげだったと言える。

いやそうではない、あれは孤独なんてものではなかった。もはや父は誰からも相手にされなくなり、あれだけいた愛人たちからも見放され、築地の踊りの師匠だけが一度、鶴屋八幡の菓子折を持ってわざわざ訪ねてきてくれたのに、すでにいじけきっていた父は怒鳴って追い帰してしまい、玄関に叩きつけた菓子折から、しっとりと品のある黄色や紅色や小豆色の生菓子が玄関じゅうに飛び散った。そうしてすでに肉体より先に心がミイラ化しつつあった父の唯一の生き甲斐がわたしの監視だったので、高校に入ってから、父は何もかもわたしを縛りつけ、雨さえ降らなければ毎日のように学校までついてきて、校庭の中まではさすがに入ってはこなかったものの、塀の外をよくうろうろと歩きまわり、それが恥かしくてわたしが裏門からそっと抜け出してわざとまわり道をして帰ってくると、きょうは誰と話したか、昼休みは誰と一緒だったか、誰と帰ってきたか、教師がイヤらしいことを言わなかったか、と根掘り葉掘り訊問し、もし男の生徒に宿題を教えてもらったなどと正直に言おうものなら、ミミズが這いまわるように血管の浮き出した両手をぶるぶると震わせながら、まるで演説でもするように、この家がどんなに古く由緒ある家柄か、自分がいかに世にいれられなかった悲運な人物か、世が世ならおまえも男女共学の地方高校などに通う身分ではなかったのに、おまえは誇りもなく誰とでも口をきき、いやらしく機嫌をとって気に入られようとする、どうしてそんな下品な奴に育ってしまったのか、もしおまえの兄がちゃんと生まれていたら、この屋敷の跡取りにふさわしく育っていたにちがいないのになどと、すでに耳の遠くなり始めた老人特有の調子はずれの大声でわめき続け、挙句は自分を利用しただけで理解しなかった人物たち、その中には政界の有力者、子供のころわたしも一緒に会ったことのある親しかったはずの人たちも入っているのだが、その名前を片端から並べあげては口をきわめて罵倒し、要するに自分以外のすべてを呪い、さらに男というものがいかに下衆《げす》なケダモノで、不実で、いい加減かと、自分のことはきれいに忘れて実例をあげ、ついには二階にあった自分の寝室をわたしの部屋と廊下ひとつ隔てた向かいに移して、わたしが灯を消すまで廊下をうろついて鍵穴から覗き続けただけでなく、よろい戸を釘づけにさえして、正面の鉄の門も錠を作り直し、塀の上にはずらりと尖ったガラスの破片が埋めこまれ、真黒なドーベルマン種が飼われたが、この犬は月夜になると夜通しでも吠えたてながら、庭を駆けまわる。実際のところ、すでに頭に来たらしい、それも若い頃にかかった性質の悪い性病がとうとう脳を冒し始めたらしいと、世間では公然と言い始めていた父のいるこの館へなど、訪ねてくる男の生徒などひとりだっているはずはなく、教師でさえこわがって電話さえかけてこないのに、父はひたすら見えない敵への憎悪と妄想に駆り立てられて、夜もろくに眠らぬ有様だったが、そんな父がいくら鍵穴から覗いたって、ドーベルマンが庭をうろつきまわったって、よろい戸を釘づけにしようとも、黒い影法師は夜毎にわたしの部屋に忍びこんでわたしを犯し、わたしは奥深く微妙に熟し続け、父の監視と幽閉が狂気じみてくればくるほど、わたしも狂おしく白いよろい戸から立ち現われる影を待ち続け迎え入れて、闇に開く赤い花弁はいよいよぬめるような感触、誘いこむような色の深みを増した。

その頃の記憶にこの蔦の紅葉がないのはどうしてだろう。毎年余りに見なれてきたためかもしれないが、この地方で紅葉の期間はひどく短くて、北側に山が重なり合っているために秋も遅くまで暖く、蔦だけでなくほとんどの木々が緑のままで、それがある朝、山々の頂にうっすらと白く雪がかかったと思うと、刺すような冷く乾いた風が吹き降りてきて、数日のうちに黄ばみ赤ばみ、一枚一枚の葉の縁の方からちぢれまくれあがって葉脈だけが浮き出して枯れ落ちるので、多分あすには、あさってには間違いなく、この残り葉も一枚残さず褐色に黒ずんで落ちつくし、館はごつごつと固くしぶとい太い蔓に巻きつかれた姿を、灰色の低い雲の下、ちらちらと雪まじりの寒風のなかに剝き出しにするだろう。それはまるで頑丈な麻縄で十重二十重に縛りあげられたような荒々しくみじめな光景で、その光景は荒涼と記憶に残っているのも、その頃のわたしの状態がまさにそのようだったからにちがいない。父は教科書と参考書のほか本を読むことを許さず、むかし見栄で買って応接間に並べた皮表紙の大百科事典もヘンなことを引くからと紙テープを張ってしまい、わずかに許されていたのは偉人の伝記だけ、ディズレーリとか星亭とか、わたしには何の興味もない伝記を、毎夕食後、父は独得の節をつけて読みあげては、わたしがあくびを嚙み殺すとテーブルを叩いて怒鳴り、まともな息子がいたらこんなみじめな思いを味わなくてもすんだろうに、これというのもおまえの母親がちゃんと男の子を産めなかったからだ、いやわざと腹を何かにぶつけるか、ヘンな薬でものんで、おれに仕返ししようとしたにちがいないようだ、と急に両手で頭をかかえて蹲って、おうおうと泣き声ともうめき声ともつかぬ恐ろしい声をあげ、その声にこたえて庭でドーベルマンもうなり続けた。小説の類は劣情を刺激すると一切買うことも読むことも厳禁で、テレビも俗悪きわまるといって買わず、それでなくても変人館の娘と敬遠されているうえに、共通の話題がないために学校で友達もできず、昼休みは学校の図書室から手当り次第に本を借りて読むしかない。そんな状態の中で自殺も家出も一度も考えたことがなかったというのはふしぎなようだが、それというのも早く心臓マヒか中風にでもなってしまえと呪い続けた父の、どろりと煮つまった古い血、狂おしい生命力がわたしの中にも流れ続けていたからだろうし、もうひとつは学校で走り読みしたいろんな本の中で、ミノス王の娘アリアドネの話に強く魅せられて、次第にミノス王と怪物ミノタウロスが混同され、自分を牛身の怪物の父の手で迷宮の奥深く閉じこめられたアリアドネと思いこんで、英雄テーセウスの救出をひたすら待ち、信じ続け、テーセウスによって怪物と迷宮の島から連れ出されたあとのアリアドネの運命については知らないままに、知らないということが救いでもあったのだが、月に吠えるドーベルマンの唸り声に怯えながら、よろい戸を釘づけされた部屋の中で、がっしりと錠のかかった鉄の門、月光にきらめく塀の上のガラスの破片を考えていると、葉を落ちつくした蔦の蔓に絡みつかれた古い煉瓦の館が、いつのまにか陰々と崩れかけた石の宮殿に変わり、宮殿は幾重もの運河と防壁に囲まれ、無限に分岐する道と偽の出入口と落とし穴、隠し戸と秘密の矢穴に守られた伝説の迷宮となって、茫々と幻想の霧に包まれ、その一番奥まった窓のない部屋に蹲っているわたしと、わたしを救いに駆けつけてくる若者の姿が浮かび出てくる。白銀の鎧をつけた凜々しい英雄を思い描くほどはもう幼くはなかったが、かといってはっきりと顔形、具体的な地位職業を考えるまで現実的でなかったのも当然で、言ってみれば、毎日の耐え難い現実とは全く別の、正反対の世界の光に照らされた白い影法師のようで、一方、ベッドに横たわって灯を消すと立ち現われる黒い影法師の方は、背丈がずんぐりして全身毛むくじゃらの、暗い生気を秘めている。

そんな幻像と戯れながら、老狂の父と古い館への毒念を心の壺に一滴ずつ滴り溜めていた少女の姿が見える。それを夜中に鍵穴から覗き見ている老父の姿。もう訪れてくる人も、かかってくる電話さえもなく、静まり返った闇の中で蔦だけがぬめぬめと蔓を伸ばし、芽を出し、葉が茂り放題に茂っては、わずか数日狂おしく赤く燃えたって枯れ落ちると、よじれて灰色に乾ききった蔓が雪空に剝き出しになって、一年という時が過ぎる。だがよろい戸の塗りはまだ白く艶やかだったし、蔦の芽もまだよろい板の隙間に這いこんでいなくて、夜更けの湯殿でそっとわたしは内股のホクロを指先で撫でながら（湯殿まで父は覗くこともあったから）、この幽閉の屈辱を一挙に取り戻す日の夢を育て、現実の男への期待に、血がうずき、しなやかに張ってくるやわらかな肉が震えるのを熱く意識するのだが、父の前ではただ記憶の中の母の表情、言葉遣い、歩き方を真似て、自分を殺し続けて、そのためにさすがの父も幾らか警戒心をゆるめて、というより実際には村のほとんどの息子や娘たちまで大学に行く時勢への見栄から、しぶしぶわたしを大学に進めてはくれたものの（それも電車で通学できる地方都市の大学）、本心では学校へなど行かせないで、いつまでも、とは死の床に横たわるきょうというこの日まで、娘をこの館の、ガラス片を埋めこんだ囲いの中、釘づけにしたよろい戸の中に閉じこめ続けたかったのだ。ということがわたしの被害妄想ではない怖ろしい証拠ともいうべきものを、今度戻ってきて——実は父の死期が近いとおばさんから幾度か連絡がありながら、わたしはずっと見向きもしなかったのに、どういうわけか急にふっと戻る気になって（断じて父の危篤のためではなく、それ以上の自分でもよくわからない何か、たとえばこの亡霊じみた古い館あるいはよろい戸の記憶に呼び寄せられたから）、もう意識も感覚さえもなくなって、八十三年間の惰性で心臓がむなしく収縮しているだけの、呼吸するミイラにひとしい父の寝室、正しくは死の部屋に、初めて入ったとき、おばさんが部屋じゅうに、棚の上からテーブルの上、床の上まで置き並べた花ビンの菊の花のにおい、様々な薬のにおいにもかかわらず、すでに明らかな死と腐敗のにおいがこもり始めている部屋の隅で、偶然にわたしは見てしまった。大半は売りつくしながらわずかに残った漆器や陶器や鼓や硯や、わたしにはがらくたとしか見えない古い道具類を並べた棚の隅に、白い布をかぶせた鳥籠のようなものに、わたしは妙に心をひかれて（鷹でも飼っているかと思って）、何気なく布をとってみたのだが、布の下にさらに干からびた和紙がかぶせてあり、さらにその下に麻布が針金で巻きつけられてある。大体、昔も父の寝室に一度も入ったことはなかったし、こんなものは家のどこでも一度も見かけたことはなかったのだが、次々と覆いを取り除きながら、次第に嘔気のようなものがこみあげてきて、余程途中でやめようかと思いながら、すでに自分では自由にできない暗い力がわたしの手を動かしていて、ついに最後の覆いまで取り除いたとき現われたものを、わたしは思い出したくもないが、実はこんなものがこの館には隠されていると昔からひそかに予感もしていたので、本当はその瞬間、いま考えるほど驚きもしなかった。固く蓋のしまった大きなガラスのビン。幾分濁って黄色味がかった透明な液体。裸の赤ん坊。ビンの底にあぐらをかいて胸の前で両手を組んで、前を向いている異常に大きな髪のない頭部がゆらゆらと液体の中を揺れているその顔を、正確にわたしの言葉は言い表せないが、口が両耳の下まで裂けていて、鼻がなく、目が異常に大きくてひとつだけ、ミノタウロスのことをわたしは咄嗟に思い浮べ、死産だったと聞かされてきたわたしの兄に相違ないと気づいたが、そのものよりも、夜な夜な包みを解いてそれを眺めていたにちがいない父の心（それを心と呼ぶべきだろうか）の方がいっそう奇怪で……だがその父はすでにくぼみ切った眼窩の奥の目を閉じて、あるかなきかの弱々しい呼吸を繰返すだけだった。

日ざしが少し薄れてきたらしく、蔦の残り葉の赤がみるみる黒ずんで見え、すでに何度か早朝に霜が降りたという寒さの走りに痛み始めた葉の縁のささくれ。肩先から背にかけてまともに日ざしを受けている上体は、先程までの晴れた秋の午後の暖かさを保ち残しているが、ひざを折り曲げて横坐りになった臑《すね》の部分と、上体を支えて地面についた片方の掌にはすでに冷えかけた大地の冷たさが、芝草をとおして確実にしみとおり始めており、もう一時間もすれば日は翳るにちがいないが、まだいまは薄暗いということはなく、むしろ弱まり始めたきょう一日の最後の光、というよりことし最後の光を、残り少ない紅葉とよろい戸の腐りかけた板が奪い合って吸いこんでいるようで、暗さが沈澱しはじめた紅葉はいっそう狂おしくなまめかしく、よろい戸は最後の優雅さを誇示している。もう秋ではないがまだ冬ではなく、昼は終ろうとしているがまだしばし夜はこないその微妙な間《あわい》の時の気だるさが、いまわたしには何ものにも換えがたく快く、このむなしい充実感のためにわたしは、再びここに戻ってきたみたいで、このまま時が停まりよどんでくれれば、父は生と死の間《あわい》を漂い続け、わたしは時間の裂け目に落ちこんで自分が自分でないようなこの半意識の状態を、永遠に続けることができるものを。いや戻ってくる前も、もうしばらく前からわたしはこんな間《あわい》の状態だったので、迷宮の島から連れ出されながら、ナクソスの島に置き去りにされたアリアドネそっくりに、打ちひしがれ傷ついて、魂を病んで、まだ若いがもう若くはなく、かつてはあでやかに白かったよろい戸も、いつのまにか忍び寄る蔓と朽葉に侵されていて、あの残り葉はどうしてあんなに気味悪く赤黒いのだろう。もしかすると、父を生涯にわたって動かし駆り立て続けたものも、父の心よりもっと奥深く不気味な何かだったので、多分この館、この地面、この谷間によどみこもり続けて、無限の時の流れの合間に絶え間なく様々なミノタウロスを産み出してきたもの、地霊などというおどろおどろしい言い方は嫌いだし、業《ごう》などという線香くさい言葉はもっと嫌いだが、もうさっきから固くなって枯れかけている芝草の葉先が、わたしの脛と膝頭を刺し続けている。

あのときも跣《はだし》で庭を横切りながら、芝草はわたしの足の裏を刺した。わたしがひそかにテーセウスと呼んだ男のことはもうほとんど思い出さないけれど、わたしがそっと錠をはずしておいた鉄門がきしみながら外から開かれる音、続いて玄関までのコンクリートの舗装を大股に歩み入ってきた靴音が、ついこの間のようで、父とどんな話が交されたのか、後になってもくわしくは話そうとしなかったが、よろい戸の蔭で息をつめていたわたしに切れ切れに聞こえたのは意味不明の父の怒声だけ。そのとき応接間の中で父が先祖伝来の刀の鞘を抜きかけたとか抜いたとか、ちらりと男がほのめかしたこともあったが、小一時間もたって再びコンクリートを踏んで歩み去る靴の音。父が何か物を思い切り床にでも投げつけたらしいひびきが館全体を一瞬震わせたあとの、舞い上がったほこりがまた降り積もる気配まで感じとれるような静寂の底で、おさえ続けてきたわたしの中のいのちがむくりと頭をもたげ、かねてからひそかに隠しておいたやっとこを寝台の下から取り出すと、自分でも信じられない力が腕にこもって、よろい戸を閉ざしてきた釘も意外に軽々と引き抜くことができ（板が腐りかけていた）、その勢で思いきりよろい戸を押し開いて窓に跨ぎ乗りながら、一瞬何か持ってゆくものは、とひどく冷静に室内を振り返ったことを覚えているが、結局懐しい何ものもその迷宮の奥の小部屋にあるはずはなくて、塀の下で待っているはずの男のところへと、跣で芝草を踏んで行ったのだった。なぜかその日を、わたしはずっと緑の春のように思いこんできたけれども、あの芝草の刺し方は、いまのこの膝の痛みとそっくりだったから、秋も暮だったにちがいないと気づくとともに、七年前の記憶の視界からみるみる畠は緑が消え、木は葉が枯れ落ちて、荒涼と乾いてひび割れた土の肌が現われてくる。もういまは彼を懐しがっても軽蔑してもいないけれども、彼のあとに次々と知った男たちと比べて、彼がとくに愚かでも悪くもなかったといまなら冷静に言えるし、実際ひとりでこの館に乗りこんできて父と渡り合った勇気はむしろ並みの男以上だったわけだし、わたしの方が幽閉の日夜にとめどもなく膨らませ続けてきた救出者の幻にとりつかれていて、現実のひとりの男をそれとして認め受け入れることができなかったということになる。父は意外にわたしたちのあとを追いも探しもしなかったが、もの心ついて以来男といえば父以外に深くは付き合ったことのないわたしの中に、父は一緒に忍びこんできたようなもので、大学で知り合ったわたしと同年齢の若い男のすること為すことが、どうしようもなく頼りなく貧しく見え、やっと隠れ住んだ東京の郊外の小さなアパートの一室で、初めて彼に抱かれたときも、あの尽きることのない精力にみちた夜毎の影法師がわたしに与えてきた快楽とは、及びもつかぬあっけなく味気ないものでしかなくて、わたしの奔放さにひるみながら、男は本当に初めてなのかと何度も尋ね、ついには女性週刊誌の読み過ぎだと怒り出しさえしたが、そんな週刊誌などたとえ父が許してくれたって手にするようなわたしではないことを、あの男はとうとう理解できなかったらしい。避妊の配慮を一切しなかったことも、彼は自分と同じように子供をほしがっていると誤解しつづけ、そのためわたしはそっとひとりで幾度もおろしに行き、初めは屈辱的だった産婦人科の診察台もそのうち歯医者なみになったばかりか、キラキラ光る銀色の金具で子宮の中をかきまわされ、妙な肉腫のようなものをこそげ落としてもらうことに快感さえ覚えるようになって、そのことをうっかり口にしたことが、結局置き去りにされるきっかけともなったのだったが、そのときの彼の怒るより怯えたような目つきと最後の言葉を、いまもまざまざと覚えている――おまえはあの父親そっくりだ、おまえの血は腐りかかってよどんでいる、と。よどんではいるけど腐ってはいない、とわたしは答えたが、あの男には理解できなかっただろう。

日が落ちる。ほの暗く灰色に翳ったよろい戸に絡みついている蔦の葉のよどんだ赤。まだ羽振りのよかった頃、父が愛飲したブルゴーニュの年代ものの葡萄酒の芳醇と頽廃の色。わたしの生理の血も少女の時からねっとりと黒ずんでいて、量も多くて、男に抱かれるのもその時が一番いい。わたしの中によどみ続けてきた夢と恨みと気だるい時の流れが古沼の底から泡立って揺れて、そのとき自然にうねり上げてくる叫び声の暗さをどの男も気味悪がるけれども、あれはわたしの声ではなくて、わたしの奥に息づき続けているいのちの精が血を震わせておののく木魂なので、わたしが父に似ているのではなくて、父がわたしの中を生きていて、あの奥の部屋で徐々に心臓の鼓動のリズムをゆるめているのはもうむなしい抜けがらにすぎず、そのみたされなかった現実への渇望と淫乱な血はいまわたしという底なしの沼に注ぎこみ、何者かに毒を盛られて血を吐いて死んだというドーベルマンも、わたしの子宮からかき出されて切り刻まれた数えきれぬ小さな気泡のようないのちも、この館にしみついてきた一切の影と気配も、わたしの中によどみ続けてきたし、これからもざわめき続けるだろう。テーセウスがわたしを置き去りにしたあと、わたしは数えきれぬ男たちと寝てきたけれど、あの男たちはわたしというひとりの女の軀を抱いたのではなくて、底なしの沼に浸ったのだし、だんだん若いころの母にそっくりになってくるというわたしの容姿にだけひかれるのではなくて、わたしの血が妖しく醱酵するにおいに魅せられるのだ、ということをわたしはよくわかっている。道を歩くだけで、喫茶店の隅にひとり坐っているだけで、必ず男が近づいてきて、香港まで旅客機に乗っただけで、隣の席の男が自分の行くもっと遠くの都市までわたしを連れて行き、そこでまた別の男が別の都市への旅に誘い、さらに新しい男が同行の切符を買ってわたし自身は百ドルも使わないで地球をひとまわりしてきたこともあったけれど、それぞれに魅力も才能もある男たちの名前も顔も別れるとたちまち忘れてしまい、様々な土地と街の切れ切れの情景、空気の肌ざわり、並木のそよぎ、空と土の色、食物の味が、ゆっくりとわたしの中に沈みこみ溶けこんで、わたしの沼はいよいよ広くなり濃くなって、もうどんなひとりの男でもわたしの全体を抱くことも感じとることもできはしない。怪物を飼う狂乱の王に閉じこめられた不幸で可憐な少女とばかり思いこんで救い出したアリアドネが、そんな女ではなかったことに気づいて怯えきったテーセウスに置き去りにされたあと、彼女を救ったのが古い葡萄の酒の神デュオニソスだったと最近知ったばかりだけれども、いまわたしにデュオニソスの顔は見えず、声も聞こえてこないで、茫漠と暗くほの明るいひどく大きな影をぼんやりと感ずるだけだが、何という気だるく狂おしい思いだろう。

夜が来る。塀の影が長々と庭の上を伸びて、金色のきらめきの消えたガラスのかけらの列が青く透きとおり、蔦の葉はもうほとんど黒くて、芝草の一本一本が固く逆立ち、よろい戸が白骨の燐光を放ち始めて、わたしの心の水面にも冷気が張りつめ、水は近づく夜の予感を孕んで重く静まり返り、父が死んでもわたしはしばらくここにひとり住むだろう。何ひとつ手入れもしないで、道具も片付けないで、よろい戸も塗り直さず、芝草も刈らず、蔦が窓という窓をじりじりと覆いつくすまま、よろい戸が朽ち腐るまま、今度はわたしがわたしを閉じこめるのだ、新しく来たるべきものの予感を、充血する子宮の奥でひとり育て続けるために。こうしてみるみる暗くなる庭でひとり震えていると、何だか自分がもう何百年も何千年も生きて待ち続けてきたようで、岩を抱いて泣き続けたナクソスの島の岸が見え、カモメがしわがれた声で鳴き叫びながら飛び交い、トリトンを乗せたイルカの群が波間を見え隠れし、やがて星々がしるしにみちて瞬き始めて、暗く豊かに潮の満ちてくる気配を、わたしの軀は感じ始める。待つこと、ひたすら狂おしく、たとえひとりぼろぼろになったよろい戸の蔭に朽ち倒れて、死体が半年たって発見されようとも。おばさんが玄関の方から庭をよろめいてくる。父の容態が急変したとでも告げに来たにちがいないが、もうわたしは現実に起こるどんなことにも驚かないし動揺もしないし、時の流れがひどくゆるく重く渦巻くのを感じ、二十九年ではなくて何千年を生きてきた別の時間がわたしを豊かに浸し始めていて、たとえ父がいま息を引き取ったとしても、わたしは今夜安らかに眠るだろう。すでに艶やかに白くはなくなったよろい戸に、みだらな影法師はもう忍びこんではこないだろうけれど、あれがデュオニソスだったのではなかったか、救いのデュオニソスはすでに訪れてきてしまっていたのではないか、わたしは運命を逆に生きてしまったのではないか、これからはもうわたしには何もないのではないか、と底深く不安にもなりかける。

天窓のあるガレージ

1

ガレージには天窓があった。

2

少年は長い間、それに気づかなかった。

3

少年の一家がガレージつきのこの家に移り住んだのは、母親が自動車の運転を習い始めたからだった。地面を這いまわる乗りものなんて、と父親は自動車を軽蔑していた。母親が運転免許を取ると、真紅のスポーツカーが、ガレージに入った。だが半年後に、まだ小学校に入ったばかりの少年を横に乗せて、母親の車は十字路で真横からトラックに衝突される大事故を起こした。車は胴がへこみ、街路樹の根もとにぶつかってエンジン部分を大破した。乗っていたふたりが、表面上かすり傷ひとつ負わなかったのは奇跡である。

車が路上を二度三度ぐるぐると回転して街路樹にぶつかるまでの間に、少年は目の前のフロントガラスの表面で、白い光がきらめくのを見た。それは少年の体の芯を貫くほど強くて美しい光だったが、その感覚を言葉にできなかったので、少年は誰にも言わなかった。

それ以来、ガレージはからっぽである。

4

からっぽのガレージの中で、少年は小学生のころ、壁にボールをぶつけたり、自転車の練習をしたりした。

たいてい表のシャッターを半開きにしていたので、比較的高い天井の小さな窓からの弱い明りには、全く気づかなかった。

ガレージは道路に面しているが、母屋《おもや》はガレージのわきの石段を登って一段高くなっている。つまりガレージの屋根が母屋の一階の床と同じ高さである。

5

小学校の高学年から中学校の二年生まで、少年はほとんどガレージに入らなかった。

6

ガレージは次第に物置がわりに使われるようになって、隅の方に古くなった机や、スプリングの弱くなった安楽椅子やその他のがらくたが積み上げられた。

7

少年は小学校のときは瘦せて小さく、体の大きな子にいつもいじめられていたのだが、中学に入ってから急に背がのび、肉もつきだした。

同じクラスに空手を習っている子がいて、休み時間にその子から空手の初歩を教えてもらった。相手を突いたり蹴ったりするだけでなく、なぐられてもこたえない筋肉を鍛えることも、空手の重要な訓練なのだ、と聞いてから、少年は再び空きガレージに入って、ひとりで型の練習と体操をした。

小学生のときは三回もできなかった腕立て伏せが三十回できるようになった。平手ではなく握り拳をコンクリートの床についてもできるようになった。

父親は武道はもちろん運動も水泳以外何もできない。大きな会社のサラリーマンだが、アウシュヴィッツのユダヤ人収容所、カンボジアのポル・ポト政権の大虐殺、南米のジャングルの中でのアメリカ人新興宗教信者たちの集団自殺などに強い興味をもっていて、そんな写真や記録をたくさん集めている。

アウシュヴィッツの収容所の倉庫に積みあげられた犠牲者たちの眼鏡と靴の山の写真が、少年の心に強く残った。

8

母親「宇宙人なんているもんですか。ばからしい」

少年「宇宙人はいるよ」

母親「どこにいるのよ。誰が会ったことがあるの」

少年「ここにいるよ。誰でも会ってるよ」

母親「………」

少年「おふくろだって宇宙の中にいるじゃないか。一体どこにいるつもりなんだい」

9

あるとき少年はラジオカセットを提げて、ガレージに降りた。音楽をかけながら腕立て伏せを五十回やった。

少年が聞くのはニューウェーブのロックである。掌に感ずる冷たくざらついたコンクリートの床の感触と、シンセサイザーの乾いた中性的な音とが、とても調和することを知った。

だがずっと以前に母親が英語の勉強をすると言って買ってきた旧式のラジオカセットは、黒いプラスチック製のボディーだった。銀色のピカピカする金属肌のラジカセが欲しいと少年は思う。それだとコンクリートのガレージにもっとぴったりするだろう。

家の中だと、居間のステレオでも自分の部屋のラジカセでも、少し音を大きくすると怒られるが、ガレージの中ならヴォリューム一杯にまわしても大丈夫だ。

10

少年は食事と寝る以外、ほとんどガレージにこもるようになった。隅に積みあげられていたがらくたを整理して、机を使えるようにした。ビニール張りの椅子もあった。空箱や古いスチール本棚を使って、まわりに壁をめぐらした。

11

少年が通っているのはプロテスタントのミッション・スクールだが、信者でない生徒に礼拝は強制されない。週に一時間宗教の授業があって、牧師が聖書の話をするのだが、聞いてなくても試験で落第点はつけられない。

イエスや間抜けな弟子たちやマリヤの話は結構おもしろいが、原罪ということが、少年はいやだった。「人間は生まれながらみな罪人です」と牧師が言う度に、めまいのするような反感を覚えた。

「神なんているんかなあ、本当に」

と一度だけ父親に尋ねたことがある。

「むかしはいたんだ。だがいまはいなくなって、神のいた場所は空地になっている」

と、頭蓋骨を叩き割られた白骨の首がずらりと並ぶカラー写真を眺めていた父親は、顔もあげないで答えた。

少年はがらんと広いガレージを思い浮かべた。

12

また別の日——

「カンボジアで百万人もの人間を、鉄棒でよろこんで叩き殺してまわったのは、十四、五歳の少年たちだったそうだ」

なぜか浮き浮きした口調で父親は言った。

13

一家三人は度々レストランで食事した。

黒服に蝶ネクタイをきりっとしめたボーイが恭しく給仕してくれるフランス料理のコースを、少年は好んだ。エスカルゴでも小牛の脳でもよろこんで食べる。

テレビの料理番組を熱心にみて、メモをとることもある。舌ビラメのソースを自分でつくれるようになった。デパートに行くと、必ず食料品売場で、スパイスや香料の小びんを買った。

だが店屋物とインスタント食品も好きだ。本もののミソはくさいという。

「おまえは将来ひとりでも生活できるな」

と父親がよく言う。

「結婚なんてバカがするもんだ」

と少年は答える。

14

がらくたの山の中から、ズック布と鉄パイプ製の折りたたみデッキ・チェアーが出てきた。

埃をはたいて組みたて仰向けに横になった。

そして初めて、少年はガレージに天窓があったことに気づいた。

15

梅雨のころ、少年はガレージの隅のコンクリートの割れ目に、小さなキノコが一本生え出しているのを見つけた。柄はひょろ長く、頭は小さく丸かった。全体が黄色と灰色のまじった白色。見るからに弱々しい格好なのに、さわるとぬめっと指に絡みつくような気味悪い生気がこもっているようだった。

少年は水をやって育てようとしたが、一週間ほどすると、とろりと溶けたように崩れて、粘っこい白いぬるぬるの液体になってしまった。

少年は小さなキノコを殺したものを憎んだ。目に見えない巨大な悪意のようなものを感じた。

16

デッキ・チェアーに寝転ってぼんやり天窓を眺め上げていると、「聖霊」という言葉がしばしば浮かんだ。牧師の話の中で、それが一番はっきりしない言葉だった。「父」も「子」も「母」も、ぼんやりとイメージを浮かべることができるのだが、「聖霊」は半透明のふわふわした雲のような形しか思い浮かばない。

学校でその言葉を聞くたびに少年は無性にイライラしたが、ひとりでいるときにそんな言葉を思い出す自分に、もっと腹を立てた。

17

真夏になると、風通しの悪いガレージはむし暑くて、昼間はクーラーのある母屋の自分の部屋ですごし、夜涼しくなってから、ラジカセを提げて、ガレージに降りる。

ある夜、裏のドアからガレージに入ると、中に男と女の二人連れがいた。昼間シャッターを開け放しにしておいたために、通りがかりに入りこんだらしい。壁際で立ったまま抱き合っている。

自分でも意外なほどの強い怒りを覚えた。道路を隔てて向かいの家の門燈の明りが、床をわずかに照らしている。別に足音を忍ばせたわけでもないのに、近くまで歩み寄ってもふたつの影は離れない。

〈おれの城で不潔な真似をしやがって〉

頭がガンガンするほど血が熱くなるのがわかった。

黙っていきなり腰のあたりに蹴りを入れてやろうかとも思ったが、拳を握り半身の構えでじりじりと近寄った。

女の方が先に気づいて、体を離した。

男は少年より大きかったが、鍛えた体でないことはすぐわかった。

いきなり女が道路に逃げた。男は一瞬迷ったように、中途半端な姿勢で立ち止まった。

入り口から洩れこんでくる鈍い明りを背にして、影絵のように男の姿が揺れた。

その影のど真中に、少年は拳を入れた。相手の体に触れると同時に拳を引いたつもりだったが、なま温いものにめりこんでゆく感触を覚えた。

うめき声と共に、影絵の輪郭が崩れて、頭から床に倒れこんだ。

体の奥でひどく熱いものが弾けるのを、少年は感じた。

それから続いて起こったことには興味なかった。男が両手と膝で床を這って入口まで辿りつくと、女が走り寄ってきて抱き起こし、もつれ合いながら姿を消した。

18

ある夜、天窓が妙に明るいことに、少年は気づいた。

いつも天窓は昼間ぼんやりと薄明るく、夜は茫々と暗いだけなのに、澄んだ水中を覗きこむように冴え冴えと青く、しかしその青色が燐光を含んだように冷たく光って見えたのだ。

真下に立って、改めて天窓を見上げた。

コンクリートの分厚い天井に円筒状の穴があいていて、先端に直径約三十センチの丸いガラスがはめてある。その円筒の途中に、蜘蛛の巣が見えた。きれいに張りめぐらされた巣の糸が、ガラスの彼方からの不思議な光を受けて、銀色にきらめいていた。

そしてその巣の中央に、体が少年の親指ほどもある大きな蜘蛛が一匹、八本の脚をのばして、じっととまっていた。

少年は虫は嫌いでなく、ほとんどの昆虫類は小学生のころ自分で飼ってみたこともあるし、ミミズ類も平気で手でさわることができるのに、蜘蛛だけはどうしてもなじめない。ぬるぬるする肌はいいのだが、こまかな毛の密生している脚の感触がこわかった。それに腹部の表面の褐色と黄色のまだら模様が、奇怪な顔のように見える。

蜘蛛はじっと動かないが、少年は毛の密生した脚で体じゅうを歩きまわられるような感触を覚えた。

19

翌日、少年は改めて天窓を見上げたが、巣も蜘蛛も見えなかった。

あれは幻影だったのだろうか。不安な気持のまま、少年はラジカセのスイッチを入れた。

低く単調に、ひどくゆっくりとドラムを掌で叩くような音が鳴り始める。密林の奥の原始人たちの太鼓の音に似ている。カセットに入っているのだから、これまでも聞いたことがあるはずなのに、初めて聞く音楽のようだ。心の奥の奥の方で暗く不安に、そのドラムの単調なリズムにこたえるものがある。

やがてかすかにシンセサイザーの高い音がまじってくる。ひどく敏感になっている神経の震えが、それに同調する。

一体何ていう曲なんだ、全然記憶にない。かすれた男の声が静かに歌い始める。歌うというより、声をひそめて囁きかけるように。英語の歌詞の意味はわからないが、他の歌と何かちがう。普通の歌よりもうひとつ心の奥に語りかけてくる、低くしみとおるような歌い方。

何度も何度も繰り返して、少年はやっと冒頭の一節だけ、大体の意味がわかった。

〈今夜何かが起こる気配〉

20

少年は、その曲を繰り返して聞く。

まわりの分厚いコンクリートの奥から、にじみ出てくるような曲。低いドラム、空の彼方に消えてゆくようなシンセサイザー、そして耳もとで囁くようなハスキーな歌。

夜のガレージの中で聞いていると、本当に今夜何かが起こるような気分になる。

少年はそれを恐れ、そして待っている。

21

少年はとうとう思いきって、もう何年もためてきた小遣いやお年玉をはたいて、新しいラジカセを買った。スピーカーの部分は黒い網状だが、本体は銀白色に光っている。ガレージの粗いコンクリートの床に、その冷たい精密器械はよく似合う。

音も、母親の旧式ラジカセと比べものにならないほどシャープで重厚で、とくに低音域が床の底からひびき上がってくるようである。

22

母屋の少年の部屋。洋服簞笥が作りつけてあり、小さなベランダもついているかなり広い洋間だが、人工建材で組み立てられた木の箱の感じだ。

少年が何よりこの部屋に落ち着けないのは、ベランダのすぐ向こうに聳えている隣家の庭のヒマラヤ杉の老樹のためである。

普通の杉は嫌いではない。日光に修学旅行に行ったとき見かけたことぐらいしかないが、幹が真直に立って下枝が少なく、樹の全体が紡錘型に天を指している杉の形は、むしろ好ましかった。ゴッホがよく描いている糸杉の形も、気分がすっと立ってくるようで好きだ。欅も気に入っている。これも武蔵野に遠足に行ったとき見たのだが、とくに秋も終りかけて、見上げるような大木の葉全体が黄葉して、夕日に金色にきらめくのは、夢心地に誘われるようだった。

だが横に長く枝が張り出して葉が垂れ下がっているヒマラヤ杉は、だらしなく思わせぶりでイライラしてくる。葉の色が妙に白っぽいのも気持悪い。破れかけた着物の端を垂れ下げながら、両腕をひろげて立っている気味悪い老婆のように見えるのだ。

とくに夜は横枝の張り出したその大きな影がいまにもゆらゆらと歩き出しそうで、ぼんやり眺めていると、抱きこまれ包みこまれて血を吸い取られるような恐怖を覚える。

23

少なくとも樹が見えないだけで、少年はガレージが好きだ。

冷たく光る新しいラジカセを傍に置いて、音楽をかけ続けたまま、少年は腕立て伏せを繰り返す。

24

キンピラゴボウを急に食べたいと、少年は思う。唐ガラシのよく利いたやつ。

25

浮浪者風の老人だった。いつのまに入りこんでいたのか、シャッターをしめてから、隅の方に蹲っているボロくずの塊のような姿を、少年は発見した。

むかつくような反感を覚えた。実際ひどいにおいを発散してもいたのだが。

弱々しそうなのに、絡みつくような、狎れ合うような、妙に図々しい口調と態度で、「ひと晩ぐらいそっとしてくれてもいいだろう」と老人は言った。

少年は黙ったまま姿勢を整えて、すり足に近づいた。腕が届く近さまで寄ると、老人はわざとのろのろと立ち上がり、ふてくされて足をひきずってみせた。

「哀れな身寄りもない年寄りをなぐったりすると、ひどい罰《ばち》が当たるぞ」と老人はうめいた。

おまえみたいなのを見ていると、こっちまで生きてるのがイヤになる、と少年は心の中で言い返した。死んじまえ、さっさと。人間は多すぎるんだ。

少年は手荒くシャッターを開けた。

老人はまだぶつぶつ哀れっぽく呟きながら、何かやたらに詰めこんで膨れたデパートの紙袋をしっかりと抱えこんで、未練たらしく出て行った。

その間、床に置いたラジカセから、ドラムの低い音が単調に続いていた。

〈今夜何かが起こる気配〉

おれが待ってるのは、こんなことじゃないぞ、と少年は声に出して言った。

天窓が明るくなっていた。

蜘蛛が美しく張られた銀色の網の中心に、ひっそりととまっていた。前より少し大きくなっているように思えた。

26

「ガレージに流し台と便所を作ってくれないか」

とある日、少年は言った。

父親が言いかけた。

「一体何が気に入らないんだ。この頃、おまえのやってることは……」

「頭がおかしいと言いたいんだろ。だからガレージに別居してやろうというのさ。本当に出て行ったら世間体が悪いだろう」

「もう少しまともなことで、してやれることをしてやるよ」

父親が微笑を無理に浮かべて言った。

「じゃ、青酸カリでも買ってくれよ」

と少年は答えて食卓を立った。

27

宇宙船の船室にとじこもってひとり飛び続けているのだ、と少年はガレージの中で考える。ひとりでも別に退屈ではない。

故郷の星の記憶はない。もしかすると、故郷の星を飛び立ったのは、実はもう何代も何十代も前の祖先のときで、自分は宇宙船の中で生まれたにちがいない。

記憶の奥を探っても、冷え冷えと暗い空間と、そこをあてもなく漂う巨大な岩塊のようなものしかない。岩の内部にくりぬかれたお堂のようなものがあってほの赤く火が燃えている。地球そのものが宇宙船なのかもしれない。

どこに向かって飛び続けているのか。

天窓の蜘蛛の巣が、どこか無限の彼方からの信号電波をキャッチする精巧なアンテナのようにも見える。

28

父親が立っていた。

「なるほど、こんなことをしていたのか」

古いがらくた道具を並べたガレージの隅を眺めながら薄笑いを浮かべた。胴体も手脚も、針金細工に粘土をくっつけたように異常に細長くふらふらと揺れている。

「おれも小学校のころ、物置で木箱やむしろを使って自分の城をつくって、よくそこにこもっていたものだったが、あれは考えてみれば藁むしろの乾いていがらっぽいにおいがむんむんする草と木の植物の城だった。ところが、これはスチール製の学習机にスチール本棚、鉄パイプの物干道具、壊れた電気ストーブ、みんな無機物の城だ。まわりはコンクリート。一体どういうことだ」

「板とむしろで宇宙船はつくれないね」

と少年は答える。

「数学もろくにできなくて、何が宇宙船だ。逃げてるだけさ。怯えきってコンクリートの箱にとじこもっているんだ」

逃げてる、という言葉が少年を強く刺激する。もう一度言ってみろ、親だからって容赦しないぞ、と拳を固める。

「よその父親のように一緒に釣りに行ったり、キャンプしたり、ドライブしたり、ナイターを見に行ったりしてやらなくて、それでおまえがこんなになったのを、悪いとは思ってる」

今度は誠実面の泣き落としかよ、と少年は心の中で笑う。これで何が悪いというんだ。気持にぴったり落ち着けるだけのことじゃないか。

「出て行ってくれ」

「まあ、たまには少し話をしよう」

「話すことなんかないさ。カンボジアの話なんてもうあきあきだよ」

だが父親は狎れ合うような笑いを無理に浮かべて、細長い体をゆすっている。まるで宙に浮いているみたいだ。

「もうたくさんだ。出て行ってくれ。こんな親から生まれたと考えるだけで死にたくなるよ」

「そうかい、そうかい」

針金のお化けはニヤニヤと薄笑いながら、ゆらゆらほの暗いガレージの中を漂い始めて、干からび切ってしわだらけの褐色の手で、少年の肩に触れようとする。

「あんたたちの古くさい経験や知識やお説教は、おれたちがこれから生きてゆくのに何の足しにもならないんだってことが、まだわかんないのか。せめてできるだけ目につかないようにしてくれ」

父の手を振り払って少年は思いきりどなる。その声がガレージの中にがんがんとひびき返る。

父親の両眼が怒りよりも絶望で赤く燃え、火はたちまち全身にまわる。針金の芯が溶けて曲がり、何だか意味不明の奇妙な形に薄黒くなった。

29

右の足の甲の蚊にくわれたところが膿み出した。
虫の声がうるさい。時折ふっとひどく静かになる。

30

〈今夜何かが起こる気配
ああ神よ
夜のしじま何かがやってくる〉
—フィル・コリンズ「イン・ジ・エア・トゥナイト」

31

コックになるためフランス語を習い始めようか、と少年は三分間ほど考えて、たちまち忘れる。

32

腕立て伏せをしながら、すぐそばにヘンな気配を感じて、伏せたまま顔だけ横に向けた。

最初、汚れた小さな下駄が見えた。すり切れかけた黒い鼻緒、細いすね、洗いざらしの浴衣（黄ばんだ白地に紺の十字の模様）、ねじれた兵児帯、襟元がだらしなく開いている。男の子だった。もう浴衣の季節は過ぎているのに。

痩せこけた体と不釣合に大きな坊主刈りの頭の鉢が開いて、しまりのない口もとからよだれが垂れている。とろんと濁って輝きのない目。両手をだらんと垂らしたまま、黙って少年を眺めている。目を見返しても弛緩した表情は少しも変わらない。

「何だよ」と少年は険しい声をかけた。

だが見るからに知恵遅れのような子供は、のっそりと立ったまま返事もしない。少年を見下ろしている格好なのだが、本当に見ているのかどうかわからない。そんな白目がちの焦点の定まらない目だ。

腕が苦しくなって少年は床に肘と腹をつけて、顔だけねじ上げている。

「何か用か、何しに入りこんできたんだ」

「…………」

「見かけない子だが、家はどこだ」

「…………」

「何とか言えよ」

「…………」

「叩き出すぞ」

少年は本気に怒りかけるが、次第に薄気味悪くもなる。体つきは五、六歳ぐらいだが、ひどく年をとっているような感じもある。しばらくにらみ合いを続けたが、向こうは全然こっちを見てもいないかもしれない異様な感じだ。

「もう夜も遅いんだ。おとなしく帰れよ」

今度はできるだけやさしく言ってみた。

すると、男の子は急に、くるりと後を向いて、すたすたとガレージを出て行き、小さな後姿が見えなくなってからも下駄の音がしばらく夜のしじまに残り聞こえた。

33

いきなりトラックがバックでガレージの出入口一杯に入りこんできた。驚いて少年が後に下がると、トラックはとまったが、同時に荷台の前の方がぐいと持ち上がり、地ひびきとともに荷台の中の物が床に流れ落ちた。

ダンプカーだったのだ。

危うく少年は、床にぶちあけられた青黒く硬い細長い小物体の山に押し倒されるところだった。声も出なかった。ダンプカーはそのまま発進しながら荷台を元に戻して、忽ち走り去った。

ガレージの出入口の高さほぼ一杯、床の半分ほどを占めて山になったのは、よく見ると長さ二十センチほどの、頭が六角形になって反対側に螺旋のネジがついた鉄のボルトだった。

ボルトそのものは鉄筋建築の現場などでよく見かけるごく普通のボルトだが、不意にぶちまけられた何千本（何万本まではあるまい）というボルトの山は青黒く、あるいは一部は錆びて赤黒く、縦横斜めにめちゃくちゃに重なり合って、ガレージの空間の半ば近くを占めた。

少年は息をつめたまま、無意識のうちにじりじりと後ずさりする。

34

宗教の授業のあと、少年は廊下で牧師に質問した。

「聖霊はどんな形をしているんですか」

牧師は幼稚な質問に眉をひそめる。

「形などない、目には見えないんだ」

「どこから来るんですか」

「どこからって、きみ、それは多分、天からだろう。いや世界じゅうに遍在している」

少年は息をつめて一気に言った。

「もし聖霊が降《くだ》ったら、その人間は神になりますね」

牧師の顔は紅潮した。

「きみ、そんな考えは、完全な異教、というより野蛮人の考え方だ。とんでもない。きみはいつも授業で何を聞いているんだ」

だが少年は牧師の目を見つめ返して、きっぱりと言う。

「人間を神にする力がないのなら、聖霊なんて空気と同じだ」

35

少年は毎日、新しいラジカセの銀色の表面を布で磨く。

ガレージの屋根に登って、天窓のガラスにたまったごみを熱心につまみあげ、汚れを丁寧に拭きとった。

36

強い風が出て隣家のヒマラヤ杉の葉が、ざわざわとざわめき続けている。どこかでめくれたトタン板が、ばたんばたんと鳴っている。

ガレージの中だけは静かだ。そこで単調なドラムの音を聞いていると、まわりの気配が次第に濃くなり、不思議な生気を帯び始めて、いろんな形がコンクリートの密室の薄明りの中に見えたり消えたりする。

細長い草色の蛇が床の上で、美しい渦巻形のとぐろを巻いていた。

一点の濁りもなく透きとおった完全な正八面体が、一点で床に立って静止していた。影がなかった。

37

父親がスパゲッティをすって食べるのがひどく気にさわる。

38

雨が降り続いた。

久し振りに少年はガレージに降りた。蛍光灯が古くなって、喘ぐようについたり消えたりしている。

隅の薄暗がりで、人影が幾度も壁の上の方に向かって、ロープを投げている。古びたジーンズにスニーカーをはいて、大学生ぐらいの若い男のようである。

壁の高いところに太い鉄鉤が埋めこんである。男は熱心にそれにロープをひっかけようとしているのだった。少年が入ってきたことにも気づかない。

やっとロープが鉤にひっかかる。若い男は二度三度ロープを引っ張って、鉤の強さを試してから、ロープの端を輪にして自分の首のまわりに掛けた。

天窓のガラスを打つ雨滴の音がかすかに聞こえている。

〈死にたいやつは死ね〉

だが踏み台もなしにどうやってぶら下がるのだろう。実際若い男はロープの長さを伸ばしたり縮めたり、膝を屈めたり、跳び上がったり、不様なことをいつまでも続けている。

退屈になって少年は母屋に戻った。

39

「おやじがそんなに虐殺の話が好きなのは、本当は殺す方に憧れているんじゃないか」

と少年が言うと、父親は不快そうに黙った。

40

テレビで第二次大戦の記録映画をみた。

ドイツ軍の軍服と長靴が〝決まってる〟と思う。だがヒトラーが自殺の前日、結婚式をしたという説明を聞いて、ひどくがっかりした。

41

また別の夜。

アフリカの狩猟民族の成年儀礼のルポをみた。少年たちが家族から離れて、槍一本と水を入れた革袋だけを持って、荒野に出て行った。

いやちがう。少年たちのひとりはラジカセも持っていた。旧型の小さなものだが、日本製だと、レポーターは言った。

ガレージの灰色のコンクリートの床は、乾ききってひび割れたアフリカの荒地とつながっているのだと、少年はごく自然に感じた。

はだしの彼らも、キリマンジャロの麓で、フィル・コリンズを聞いているのだろうか。天はひとつで、夜の闇は同じはずだ。

42

小さな生きものを見た。床の上をぴょんぴょんはねとんでいた。床に膝と両手をついて覗きこむと、妙に手脚のひょろ長い体にぴっちりと密着したぴかぴか光る衣服をつけ、顔が真白で、口の両端が耳まで裂け、細い両眼がふざけるような嘲笑うような、狎れ合うような意地悪いような、笑いを浮かべている。

さらに顔を近づけると、ひょいととんぼ返りを打って消えてしまった。

43

月夜である。

月そのものは見えないが、青白く冴えた光の細流が途切れることなく夜の高みから降り注いでくる。ヒマラヤ杉の細い葉の一本一本が逆立って震えている。

青い闇の中を流れ落ちてくる光のすじを眺めていると、自分の中から何かが抜け出し誘い出されて、光の細流を逆に空へとさかのぼってゆくような気分になる。

44

ガレージの天窓の真下で、ひとつの影がそろえた両足を爪先立ち、両手を頭上に差し伸ばして、上を見上げていた。

澄んだ光が天窓から、強いスポットライトのように、ちょうどその影を包むくらいの広さで円形に落ちかかっている。

少年は母屋からの裏口の鉄の扉を後手にそっとしめて、見つめている。

影は激しく身をよじるようにして、床を離れ、天窓から抜け出ようとしているように見える。

影が体をひねったとき、光を受けた顔が見えた。

自分の顔だった。

と少年が気づくと同時に、影はそれまでの激しい生気が気化したように輪郭が溶け、淡くなり、床に崩れ落ちそうになった。

少年は駆け寄って自分の影を抱き起こそうとした。固体でもないが気体でもなく、肉体でもないが影でもない奇妙な感触を、掌に感じた。それは少年の体にすっとしみこみながら、同時に少年の体を争《あらが》いようもない強い力で捉えて、一緒に床に崩れようとする。体の芯まで溶かされそうなその力に、一瞬、少年はこれまで経験したことのないめまいと陶酔を覚えた。

45

少年は床に仰向きに横たわっている。

視野の中央に、明るい円が浮き出して輝いていた。冷たいほど白々と冴えながら、ねっとりと甘美な濃い黄色である。晴れ晴れと澄んだ気持と、温く抱きかかえられるようなやさしい思いとが溶け合って、体じゅうをみたし始める。

天心を過《よぎ》る月が、ちょうど天窓の真上にかかっているのだった。

ラジカセのスイッチは入れていないのに、背中の下のコンクリートの床の奥からひびき上がってくるようなドラムの低く単調なリズムと、月光に乗ってくるような静かに澄んだ電子音とが、少年の心の中で調和する。

46

天窓からの光が、いま体じゅうに降り注いでいる、と少年は思う——「聖霊」がぼくの中に入りこんでくる。

47

宇宙船はいま目的地に着いた。

48

光り輝く黄色の円の中心に、ぽつんと小さな点が見えた、と思うと、それはすっと降りてくる。一本のきらめく糸にぶら下がって。

みるみる黒い点は近づいて大きくなり、黒光りする大顎が見え、うごめく八本の脚に密生した褐色の毛が見え、腹部の奇怪な刺青《いれずみ》模様が見える。

いつのまにか握り拳ほどにも肥えふとった蜘蛛だった。それが月光のなかを真直に、降りてくる。ぼくの中に入りこむ。

少年は叫ぼうとするが声が出ない。

49

降り注いでいた光がすっと薄れた。蜘蛛の姿はもうない。銀色の一すじの糸だけが揺れている。

50

天窓の彼方は、再び透明な青い闇である。
ガレージは静まり返っている。ひんやりとからっぽに。
少年はおもむろに体を起こす。かつて意識したことのない力を、深く身内に感じながら。

夕焼けの黒い鳥

「いったいどういう風の吹きまわしなんですの」

節子は心のなかで二度三度繰り返してから、口に出して言ってみた。夫の信三が急に、グアム島へのゴルフ旅行に一緒に行かないか、と言い出したのだった。

「別にそんなに驚くことはないだろう」

信三は事もなげに言った。

「他の方たちも奥さん同伴なんでしょうか」

「いやわれわれだけのはずだ」

「じゃご迷惑じゃありませんか、他の方たちに」

「いやおれたちがゴルフをしてる間、海岸でのんびりしてればいい」

「そうよ、南国の椰子の樹蔭で、波の音を聞きながら、うつらうつらしてるなんて素敵じゃない」

高校に通う娘がはしゃいで言った。彼女は二週間、友達と北海道を旅行して帰ったばかりだ。

「いってらっしゃいよ、お母さん、お父さんがそんな殊勝な気になるなんて滅多にないんだから」

滅多にないどころか、初めてのことだ。新婚旅行だって、急に仕事が忙しくなったといって、都内のホテルに泊っただけだった。娘が小さかった頃、何度か京都や近くの温泉に家族旅行はしたことはあったが、その娘も大きくなると休み毎に友達と旅行するようになり、節子はいつも留守番だった。

だがそれが不満だったわけではない。敗戦直後に学校に通った節子は、修学旅行は一度もなかったし、やむをえぬ用もないのに旅行するような時代ではなかった。いろんなことをしたかった年頃に何もできなかった恨みのようなものが、心の奥にしこりになっているのかもしれない、とひとりで内にこもりがちな自分の性質を思い返してみることもあったが、それも不幸と意識するほどのことではなかった。

とくに自分の家と呼べるような家を持てるようになってからは、家具を置く位置を変えたり、壁紙を自分で貼り替えたり、庭の草木の手入れをしたり、熱心に、だがひっそりと、他人との付き合いも最小限にして暮してきた。夫と娘に必要とされる存在であることに、静かに満足してきたといえる。

だが娘が成長するにつれて、とくにこの一、二年、急に自分の世界を持ち始めてきてから、節子が必要とされる度合が急に減ってきている。むしろ無意識のうちに自分を押しのけるような態度に気付く。夫が夜、彼女を求める回数も少なくなっている。

「いやですよ。グアムなんて、アメリカでしょ。それにひとりで海岸で待ってるなんて」

むきになって断わり続けながら、結局、夫と娘の勧めに応じた形になってしまったのも、これまでのように妻であり母であることと自分自身とが重なり合えなくなり始めていると、漠然と感じ出していたからかもしれない。

「お母さん、どんな水着にする、思い切ってビキニにしたら。だってお母さんの体、まだまだきれいなんですもの」

とはしゃいで言い立てる娘の声をぼんやりと聞きながら、三年前だったら断わり通しただろう、と節子は、かすかに首筋のあたりを風に吹かれたような不安を感じた。


機内でウイスキーを飲み続けてすっかり陽気になった男たちの後から、おずおずと節子は機外に出た。出発前に地図で調べて、グアム島が思っていたよりずっと遠く、マニラと同じくらい南なのに驚いたが、タラップに出た空気の感触は意外にさわやかだった。熱帯の空気はもっとねっとりと熱っぽいものと想像していたのに。

もっとも午前四時という深夜より未明に近い最も気温の低くなる時間だった。壁を真白くペンキで塗った空港の建物の中は、荒っぽく人工的だ。夫も仲間たちもすでに何度も来ていて、全くくつろいでいるのに、節子だけはバッグを固く握って、元からこの島の住民らしい陽やけして唇の厚い男たちを恐る恐る盗み見る。荷物を受け取って建物の外に出ると、エンジンをかけたままの観光バスやタクシーが幾台も待っていて、こんな時間にもかかわらず人がしきりに動きまわって、客を呼んでいた。広い舗装道路の両側に並んでいる街灯の光が妙に赤っぽくざらついている。その光に照らし出されて、どっしりと広い葉を垂れている本ものの椰子の木を、道路わきに節子は初めて見た。

バスは五分ほどでホテルに着いた。フロントデスクの前のホールは奥の方に壁がなく、入口から筒抜けの形で、プールとそのまわりの丈の低い木の茂み、そしてその背後に高い椰子の並びが濃い闇の中にぼんやり浮き出していた。

「そこがもう海だよ」

と信三が言ったが、椰子の並びの背後は闇しか見えない。潮の香りがほとんどにおってこない。

「波の音がしないわ」

「リーフの中だからですよ。奥さん」

男のひとりが答えたが、「リーフ」が何なのかわからない。

「われわれは朝早く、と言ってももう朝ですがね、コースに出ますが、奥さんはゆっくり寝ていて下さいよ。それとも奥さんひとり置いて行くのは心配か」

その男は信三の方を向いて笑った。

「本当に奥さんはお若いからなあ」

信三は薄笑いを浮べている。思いがけなく持物をほめられた子供みたいに。

考えてみると、信三にとって人前に彼女を連れ出すのが初めてのように（客を自宅に連れてくることは度々あったが）、節子にとっても外で他の男たちと一緒の夫を眺めるのは初めてだった。ふたりはお互いの親類同士が知り合いだったという関係による見合い結婚である。後から聞くと信三は三度目の見合いだったが、節子は初めてだった。他の男と比べてどこが良い悪いというのではなく、年齢は十歳近く離れてはいたが、育ちも勤め先も見かけもとくに気に入らないというわけではなかったから、いわば当然の運命のように、彼女は信三を受け入れた。

「ばかねえ、いまどき見合い結婚さえ古いのに、一度目で決めちゃうなんてどうかしてるわ」

と数少ない節子の友人たちは、自分たちが傷つけられたように憤慨したが、節子自身は自分自身に対して幻想を持っていなかったから——たとえばたまたま鏡に体つきや顔だちがほっそりとうつって見えるとき、それは鏡が細長くて光線の具合が良いからにすぎない、と考えるような性質だったから、自分の相手に対しても過大な夢を抱くことはなかった。また社会で男たちに伍して仕事しながら生き抜く自信はなかったし、身寄りもなくひとりだけで年とって死ぬのはこわかった。人間はたいてい目を見開いて息絶えるものだ、ということを読んだとき、せめて目を閉じてくれる者がいなければ、と真剣に思った。目を開いたまま死ぬということは、何かとてつもなく怖ろしいものを見てしまうような恐怖を覚えたのである。

そういうわけで、節子はこれまで無意識のうちにも、夫を他の男と比べて考えたことはなかった。といって、いま初めて比べて見ている、というのでもなかった。仲間たちは信三と似たような有名とは言えない小さな会社の経営者たちで、同じように押しが強そうで、同じように頸すじと下腹に脂肪のたまり始めた中年男たちだ。ただ、これまで比べて見たことがなかった、という事実に不意に気付いただけである。

部屋はみな五階で、信三と節子の部屋はその一番端だった。豪華ではないが、海浜ホテルとしては立派だった。シングルのベッドがふたつと簡単なテーブルと安楽椅子ふたつ。冷房がききすぎるほどだ。

「これはいい、まともに海に向いている」

カーテンが開かれたままの広い窓をちらと眺めて信三が言ったが、節子にはただ夜の闇が見えるだけである。ただ彼女がこれまで見たどんな闇よりも、暗いだけでなくねっとりと黒いのだ。下の方に、庭の照明灯に照らされたプールの水面の一部と椰子の木が何本かぼんやりと見えるだけで、それ以外、一点の光もない。この窓がどちらの方角を向いているのかわからないが、どちらの方角にせよとにかくまわりじゅうが太平洋なのだ、と思うと、その深さ、そこに一杯の黒い水、その底深いうねり、果てしない遠くからの大波が、急に身近に、窓のすぐ外、目の前に迫って感じられる。ひどく大きく黒いものの真中に、ぽつんと置かれたようだ。

いま夫が黙って肩を抱いてくれればいい、と強く思ったが、信三はベッドにどかりと坐りこんで、発つ前に新しく買ったゴルフのクラブをうれしそうに撫でている。このひとは目を開いて死ぬのがこわいなどとは決して考えない、と彼女は咄嗟に感じた。このひとは目に見えないものは感じない。闇は単に光のない状態にすぎない。いやたとえ目に見えても直接自分にかかわらないものは無いと同じだ。庭の木の葉が黄ばんでも、壁紙を貼り替えても、興味を示さない。人間くさいものだけが好きだ。本当はそんなに飲めないのに酒を飲む場所が好きだ。酒がなくてもとにかく人と会ってしゃべるのが好きだ。商売の上でよくごたごたが起こるようだが、借金しに行くのも、借金取りに来られるのも、喧嘩することさえ、好きなのではないか。

信三はベッドに入るとほとんど同時に寝入ったようだが、節子は体は疲れているのに神経が鋭くたかぶって寝つけないままに、次々とそんな考えが浮かんだ。だからどうというわけではない。このひとはそういうひとなのだ、ということが妙にくっきりと見えてくる。

いつのまにつけておいたのか、信三の枕もとの目覚し時計のベルの音で目が覚めると、寝る前に締めた窓のカーテンの合わせ目から、光のすじが刃物のように室内に切れこんでいた。

「ほうら海だぞ」

元気よく起き出した信三は思い切りカーテンを引き開けると、足早に洗面所に入った。節子はまだ眠りが重く淀んでいる意識のまま、ゆっくりと上半身を起こす。その姿勢のまで、窓の視界のほぼ半分を水平に切って、海と空が見えた。本当にプールのうしろの椰子の並びから数メートルのところから海のようだ。空にはいろんな形の雲が勝手に浮かんでいて薄陽のような陽ざしなのに、何という海の色。エメラルドを溶かしたような、とよく言うけれど、実際に鮮やかな若草の色を溶かしこんだような海だった。

海というより入り江というべきだろう。起き出してみると、広い視界のはるか右と左の端の両側に岬が突き出していて、そこから湾がゆるく湾曲しながらきれいに弧を描いていて、ホテルはちょうどその湾の一番入りこんだところにあった。そして両端の岬と岬を直線に結んだほぼ直線上に、黒っぽい岩のようなものが見え隠れして連なっていて、そこで海の色が一変する。外側は黒ずんだ青の外海で、襲いかかるような大波が、岩の連なりの線まで押し寄せてきては崩れる。その内側の草色の湾内は小波ひとつなく静まっている。

「もっと寝てていいんだよ」

洗面所から夫の声がする。

「いえもう起きてます」

本当に眠りは拭い去られていた。目に見えぬ巨大な掌で目の前をすっと拭われたように。もうかなり前、まだ娘が小学生だったころ、房総半島の突端近くの漁師町へ海水浴に行ったことがあった。そこでも太平洋が目一杯に見えたはずなのに、海がこんなに大きかった記憶がないのはどうしてだろうか。そこも湾になっていたが、考えてみれば小さな湾だった。あれに比べると、この湾は何十倍は広いだろう。湾の全体が珊瑚礁になっているらしいことと関係があるのだろうか。

こんなどうしようもなく大きなものを感じたことはなかったわ――節子は自分でもどう名づけてよいのか見当もつかない感情のひろがりに、立ちすくむような気分でそう思った。

「起きたんなら早く用意してくれ。下で朝食をとって出発だから。おまえはどうする？」

夫の声は屈託なく明るかったが、東京でもゴルフに出かける前は同じように年甲斐もなく浮き浮きしているのだ。この信じ難いような眺めのせいではない。このことは、あるいはこの気持は、夫に言うべきではない。そっと何者かに囁かれたように急にそう思いつくとともに、その決心が隠しごとのにおいを帯びていることに、節子の心はうろたえた。

小さなことで、たとえば夫が全く関心のない部屋の調度品などで値段を幾分少なく言ったことはある。夫に似て気の強い娘が学校で同級生の女の子をいじめたとか、ぶったとか、ちょっとした事件があって、相手の母親に怒鳴りこまれたことがあったとき、夫に言うと、そういう〝事件〟の好きな夫が興奮して顔を出しては大事になると思って、黙っていたこともあった。そんなときでさえ、節子は夫を裏切っている、という意識に怯えたものだ。

だがいまのこの動悸の高まるような思いはそんなときの気持と微妙にちがう。急いで着換えをしながら、節子は思い出した。これもかなり以前のことだが、デパートに買い物に行った帰り、まだ学生風の若い男にあとをつけてこられて、そうと気づいてから小走りに道を急いだのだが、交差点の赤信号で止まったとき近寄ってこられて、お付き合いして頂けませんか、と声をかけられたことがあった。返事もしないで、信号が変わるとともに見栄もなく走って逃げたのだが、その夜、夫に言おうと思いながら、言いそびれてしまった。そのときの顔の火照《ほて》るようなやましさに、幾分似ているかもしれない。

といってどっちみち、つまらないことだわ、すっかり忘れていたくだらないことを思い出したりして。節子は軽く頭を振って気持を取り直すと、夫と入れちがいに洗面所に入って、手早く髪を梳き、簡単に化粧した。それからゴルフバッグをかついだ夫と一緒に部屋を出た。夫たちについてゴルフ場に行って待っているつもりである。

夫の仲間たちはすでに一階の食堂で待っていた。

「遅れてすまん」

と信三は大きな声で言った。自分の支度のせいだと思って、節子はいっそう体を縮めるようにして目を伏せた。

「奥さんもわれわれと一緒に行くんですか」

とすでに食事をすまして煙草をすっていた男のひとりが声をかけた。節子はベージュ色のスラックスに運動靴をはき、ハンドバッグを持ってきていた。

「一緒に来たっておもしろくないですよ。ひとりだけ待ってるなんて。それより島内観光のバスが出ますよ。それに乗ったら、幾つかお土産品の店にも寄るし」

「お邪魔ですかしら」

「邪魔なんてことはありませんが、退屈ですよ」

「そうした方がいい。われわれは夕方早目に帰ってくるから」

信三もそう言った。

食堂はかなり広いが、海に面してガラス張りになっていて、椰子の幹の並びの間から水面が見える。すでに入道雲が盛り上がり、高いところでは絹雲がたなびき、しかも黒っぽい雨雲が一方からひろがり出している。東京ではそんないろんな雲が同時に出ていることはないはずだけど、と節子は考える。入道雲は夏の雲、絹雲は晴れた秋の雲、低い雨雲は梅雨と時雨の季節の雲。ということは、ここにはいろんな季節と天候が同時にある、いや季節も天候も区別がないんだわ、と思った。

混乱した気分を覚えかける。こんなところに一日じゅう、しなければならないこともなくぼんやりしていたら、自分がゆっくりとかきまわされるような状態になるんではないかしら。だが椰子の並びの向こうにひろがる何か大きなものに吸いこまれるような気分は、これまで覚えたことのない不思議なめまいのようでもあった。

「いいわ、いってらっしゃい。わたしは残ります。気が向いたらバスに乗るし、向かなかったらのんびりしてます」

節子が急にそう言うと、信三は驚いて彼女を見たが、観光バスをすすめてくれた男がさり気なく言った。

「それがいいですよ。ここは日本のホテルと同じで、フロントには日本人の係員がいるし、従業員たちも簡単な日本語ならわかります。それに、ほらお客もほとんど日本人ばかりでしょう」

「本当にご心配なく」

努めて気軽に節子は微笑してみせたが、胸がどきどきした。それを合図のように男たちはいっせいに席を立った。

節子はひとり部屋に戻った。夫にせき立てられて急いで出てきた部屋の中は、取り散らかっていた。ドアを入ってすぐのところに洋服掛けの戸棚が作りつけてあって、抽き出しまでついているのを見つけたので、トランクをあけてふたりの衣類を、丁寧にハンガーに掛け、下着類を抽き出しにおさめた。広い洗面台に乱雑に使ったままになっていた夫の洗面道具も、きちんと並べた。

洗濯もしたかったが洗うものもないので、ベッドを片付けた。そういうことはホテルの掃除係がすることだろうと思ったが、シーツを伸ばし枕の位置を直して、ベッドカバーを掛けると、幾らか落ち着いた気分になった。枕のところだけ盛り上がった青っぽい厚地のベッドカバーの上に、靴をぬいで横になった。

海は見えない。冷房の空気が軽い音をたてて壁の一角から吹き出している。外の気温が上がり始めているせいか、夜明けには冷たすぎた冷房がちょうど快い。朝食のおみおつけが濃かったせいかのどがかわいていたが、日本の旅館とちがって魔法瓶のお湯などは置いていない。洗面台の水道の水をそのまま飲むのはためらわれた。廊下の隅にコーラの自動販売機が置かれていた気がするが、どのお金を幾ら入れていいのかわからない。

勝手がわからず、する仕事もない、ということは宙に浮いたような妙な気持だ。日曜日でも決して寝坊しない夫のために、いつもの通りの時間に起きて食事を作る。時折夫が出張で家を空けても、娘がいる。わたしが何か作るからお母さんは寝てていいわよ、とたまに娘が言ってくれるが、やはりいつもの通りに起きて仕事をする。お母さんに日曜はないのよ、と何度か言ったことはあるが、内心ではそれほど苦痛だともみじめだとも思ってきたわけではない。電車のように軌道の上しか走れないのは自動車とちがって不自由かもしれないが、つねに軌道が足許に、目の前に見えているというのは安心なのだ。それでいい、と結論を決めて生きてきたわけではないが、それ以外の自分をつきつめて考えたことはない。

いやこれまではそうだった。だが遠からず娘が家を出て行って、夫とふたりだけになったらどうなるんだろう、と最近時折ちらと考えることがある。時には、血圧が高くて心臓が急に痛み出す、という夫を見ていると、その夫さえいなくなったあとの何年も、もしかすると十年も二十年もひとりで生きねばならなくなるかもしれないのだ、と胸の中に不意に穴があいたような気分に襲われる。ただ少女時代から、年齢《とし》に似合わずしっかりした子だね、といつも言われてきたように、そんな不安な思いが浮かびかけると、すっと立って体を動かし手を使う。そうすると、生活というか世界というか、確かそうな何かとしっかりと結びついている自分が、自然と戻ってくるのだった。

だがいま使いようのない両手は、仰向けになった胸の上に軽く組まれて置かれているだけだ。普段は手にこもっている敏感な生気が、ひっそりと体じゅうにひろがり始める。ほとんど眠っていない体全体が気だるいが、その気だるさがほの暗い光を帯びているような気がする。頭の中が白っぽくなる。かわって体が勝手に感じ始めているようだ。ひっそりと何かを期待している。そんな感覚を意識したのは初めてだったので、節子はひとり顔を赤らめた。

いつの間にか眠っていた。深く快い全身の眠りだった。自然な重力でゆっくりと水中を沈み、やわらかい底の泥に着いてから、再び自然な浮力でほの明るい水面に静かに浮かび上がってきたように目をさました。気だるい重さがなくなっていた。

下半身に弾みをつけて、すっと寝台から降りた。窓際に立つと、目の下にプールが見えた。泳いでいるのは数人で、まわりの軽便寝椅子に最小限の布しか身につけていない裸の体がずらりと並んでいた。

のどがかわいていた。下に行けば何か飲めるだろう。廊下に出てから、地味なブラウスにおとなしいスラックス、それに中ヒールの靴というこんな格好ではおかしいのではないか、と気づいたが、まともな着換えしか用意してきていない。

食堂の手前、プールのすぐわきに、白塗りの丸テーブルと椅子が五、六組置いてあって、ひと組ずつ大きな日傘が立っている。二組ほどの客がそこでジュースらしいものを飲んでいる。そっと隅の方のテーブルに坐った。若い褐色の肌のボーイが注文を聞きに来たので、「ジュース」と小声で言うと「パインとオレンジとミックスと、どれにしますか」と日本語で問い返されたので、ほっと安心して「パイン・ジュースを下さい」と答えた。

日傘の蔭は乾いた微風が吹きとおって意外に涼しいが、足を日なたに出すと刺すように強い光だった。まわりじゅうに赤や白の原色の花をつけた熱帯植物が植えてある。頭上で椰子の葉が重たげに揺れている。プールに飛びこむ水音が聞こえ、若い男女がふざけている笑い声がする。場違いの服装をしているのは節子だけだったが、そんなことを気にして彼女の方を見る者は誰もなかった。

ジュースを飲み終ると、プールの傍まで近づいてみた。若い女たちがせっせとオイルを塗っては肌を焼いているのは当り前に見えたが、若い男たちがプールにも海にも入らないで、汗の粒を一面にふき出しながら懸命に肌だけ焼いている光景は、節子には異様だった。男は女とはちがったもっと荒々しいことをするものだとばかり思っていたのに。だが本人たちも他の人たちも、別にそれを変だとは少しも思っていないらしい。

女たちも最小限の隠すべき部分しか覆っていないほとんど全裸に近い姿を、平気でひと目にさらしている。自分の娘もこういう場所ではこんな格好をしているのか、と初めは驚いたが、しばらく眺めていると、次第にそれが自然に見えてくる。あられもない、という感情は、早々と薄れていった。彼女とそれほど年齢のちがわない中年の女も、セパレーツの水着姿で、肥えてたるんだ体を、寝椅子に横たえていた。

プールわきを通り抜けて水際まで進んだ。椰子の生えている地面を一メートルも下ると砂浜だった。その砂浜はずっと広い湾の岸に沿って続いているのだが、幅は二メートルほどしかない。いや屈みこんでよく見ると、砂ではなかった。かすかに黄色味を帯びた白い珊瑚の殻の破片だった。それが遠浅の湾内の底までずっと続いているために、光線が反射して水がエメラルドの色に光って見えるらしかった。

直射日光を避けて、岸の椰子の蔭になった珊瑚砂の上に腰をおろす。水は澄んでかなり先まで水底が透けて見える。波はほとんどない。何人か水の中に入っていたが、かなり先まで、立って歩けるほどの浅さらしい。岸近くで胸もとぐらいまで深くなるが、そこを過ぎるとかえって浅くなり、外海の波がぶつかっている岩の連なりのところでは膝ぐらいになるようだ。

節子は海が好きでなかった。東京湾や相模灘を別にして海らしい海を見たことが数えるほどしかなかったからだが、とくに怖ろしいのが波だった。押しかぶさってくるとか、引きずりこまれそうになるというだけでなく、絶えずざわめき揺れているその動きが、どうしようもなく落ち着かなく不安にさせるのだった。だがこの海にはその波がなかった。いやそうではない。波がないだけなら池や湖と同じなのだが、ここは確かに大波があるのに、それが見えるか見えないかの岩の連なり（それとも珊瑚礁の縁だろうか）の一線で、見事に防がれているのだった。海のこわさと水の静けさとが同時にあった。

外海は黒ずんで見えるほど濃い藍色で、そこから押し寄せてくる波は二メートル、いや三メートルもありそうな怒濤である。房総の海の波も荒かったが、もっと荒々しい太平洋のど真中の波だ。単なる波ではなかった。これまで彼女がじかに目にしたことのない、とてつもなく巨大で荒々しいものの剝き出しの姿のように思われた。もしその大波が直接岸まで押し寄せていたら、一分間も彼女は岸に立っていられなかっただろう。それが何百メートルもの先で防がれている。それも防波堤のような人工物によって無理に押しとどめられているのではなく、自然な形で止まっている。それだから安心してこわがることができる。そのこわさが目に見えるから、湾内の静けさが余計美しく見えるのだった。

夫がここの海岸のこんな特殊な有様をもっとくわしく話してくれていたら、節子の方から連れて行ってほしいと頼んだかもしれない。一時間、二時間……時のたつのも忘れて、節子は海を眺め続けた。人間どころか小型の船でさえ巻きこんでしまいそうな怒濤と、底の珊瑚砂が透けて見える緑の湾の水面を、かわるがわる彼女は見やりながら、世界がこんなにも怖ろしそうで美しいことが不思議だった。湾に沿って見えるだけでもホテルは五つか六つほどあるのに、水際にも湾内にも人影は点々とばらまいたほどしか見えないのがよかった。湾が広すぎるのか、それともほとんどの人たちがプールのまわりで肌を焼いているためかはわからない。

次第に彼女は胸元から脚の先までぴっちりと隠した服装が、場違いのように思われてきた。海は遠くからのしかかるように、そして足許からひたひたと囁きかけるように、体の全体にじかに迫ってくるのに、自分は殻でそれを防いでいる。泳ぎのできない彼女は水着を持ってきていなかった。娘はさかんにすすめたのだが。いまになって、水着というものは泳ぐためだけのものではないことがわかった。それは海と光にじかに接するための礼装なのだ、と。

とっくに昼食の時間を過ぎているはずなのに、食欲がなかった。節子が坐っていたすぐ横に、貸ボート小屋があって、そこで缶ジュースを売っていたので、一本買って飲んだだけだった。

彼女は海だけを眺めていたのではなかった。様々な形の雲が湧いては崩れ、ひろがっては消える空にも心を奪われた。東京と同じはずの空が、ここではどうしてこんなに大きく見えるのだろう、と彼女は心のなかで幾度も問い直した。

彼女がもう二十年も住んできた家から、初めは武蔵野の名残りの雑木林も見えたのに、いつのまにか次々とまわりに家が建ち並び、いまでは庭の中に立ってもまわりはぐるりと二階建ての屋根ばかりになった。とくに夕陽の好きな彼女は、西側に家が建ったとき、夕陽が見えなくなったわ、と夫に言った。どうして夕陽がそんなに好きなのか節子は自分ではよくわからないが、急にあたり一面が赤く色づいてくると、少し物悲しいけど何かとても懐しくはなやかで、心の奥まで燃え出すような気がするのだ。だが夫は、西陽が防げて結構じゃないか、と言っただけだった。

忘れていた空の広さを、いま彼女は興奮しながら思い出したのだった。だがまだまわりに家が建ち並ぶ前より、この空は広かった。広いというより大きかった。強い太陽光線に海面が暖められて絶えず水蒸気が立ちのぼっているためらしく、空の全体でつねに雲が生まれ続けているのだ。それも水平線から天頂に達するほどの入道雲とか、あっという間に空の半分を覆ってしまう雨雲とか、そんな雲の堂々とめまぐるしい変幻のために、その舞台の空までが不思議な力にみちて大きく見えるのにちがいなかった。

この発見を、節子は誰かに話したかった。言葉にして感動を分かち合いたかった。だが信三が空や雲の話に興味を示すはずはない。

水平線の上を大型の飛行機が真横に飛んでいた。飛行機などこれまで注意して見たこともないのに、その飛行機はひどく大きくて、しかも全体が黒く塗られていた。黒塗りの旅客機など見たことはないから、米軍の軍用機なのだろう、と彼女は思った。それにしても胴体も翼もひどく細長くて気味が悪い。排気ガスのような黒い噴煙を出しているのにほとんど音もなく、どこか別の世界から、間違ってこの明るい世界にまぎれこんできたように見える。不吉な感じで恐ろしいのに目が離せなくて、彼女は見えなくなるまで、そのヘンな飛行機を目で追っていた。それから肩をすくめて、視線を海に戻した。

先程から、彼女は湾のほぼ真中あたりで立ったり泳いだりしている少年らしい小さな人影に注意を引かれていた。そのあたりは少年のお腹ぐらいの深さしかないが、彼女が気がついた時から、ちょうど彼女の坐った岸の真正面の、それほど広くない部分を動きまわっているのだった。時々立ったまま上半身を屈めて水面を覗きこんでいる。もっと岸近くで泳いでいる人たちはどれも何人か一緒なのに、その少年だけはずっとひとりだった。節子は自分の心と体が海と空に向かって開かれてゆくにつれて、何時間も海のほとんど一箇所を離れない少年に、親近感を覚え始めていた。何かわからないが、あそこに少年の興味をひくものがあるらしい。それを少年はひとりで熱心に楽しんでいる。

その少年が岸に向かって戻り始めた。顔を水面につけたまま足を動かして泳いでくる。足にひれをつけているらしい。顔の横から黒いパイプが突き出ている。顔を上げないのはあのパイプで呼吸しているのだろう。

ちょうどめがけて来たように、少年は彼女が坐っている水際に近づいてきて、足のひれをはずし、顔半分を覆っていた水中めがねを額に上げた。中学生ぐらいの年頃である。全身真黒に焼けていたが、目鼻立ちが整って品のある顔立ちだった。前を通り過ぎるとき、節子の視線に気づいたように幾分眉をひそめてこちらを見た。まだおとなになり切らないが、もう子供ではない均斉のとれた締まった体つきだった。

「あそこに何があるの」

と自分でも思いがけなく気軽に、節子は声をかけた。

「熱帯魚の巣があるんです」

両手に大きな黒いひれをぶら下げたまま、少年は歯切れよく答えた。

「逃げないの」

「ええ、手を出したりしなければ。とてもきれいなんだ。ぼくが見つけたんです。ミスジやデバスズメなんかだけでなく、ムラサメモンガラまでいる。クマノミもイソギンチャクの中に入ったり出たりしてる」

少年は一気にそう言った。この子も自分の感動を他人と分かち合おうとしている。

「そんな魚の名前、知らないわ」

と答えると、少年はそのまま歩き出そうとした。引き止めるように節子は急いで言った。

「ほんとうに、いい海ね」

「ええ、とっても」

自分のことを言われでもしたように、うれしそうに笑うと、改めて節子を見返してからホテルの方へ引き返して行った。

夕食はホテルの別館のスペイン風のレストランでとった。

男たちは顔と手がすっかり日に焼けて興奮していた。節子にはわからないゴルフ用語で、誰がよかったとか、あの打ち方が素晴らしかったとか、あそこはこうした方がよかったとか、食事の途中でも声高に話し合っていた。

「奥さんも少し焼けましたね」

と男たちのひとりが、急に節子の存在に気づいたように声をかけた。

「ずっと日蔭にいたんですけれど」

「退屈しなかったかね」

信三も義務的な口調で尋ねた。

「いいえ、ちっとも」

節子の答え方に、信三は意外だという表情をした。

「何かいいことがありましたか。ハンサムな青年に話しかけられるとか」

別の男が笑いながら言った。

「いいえ、海と空を眺めてましたわ。ずっと」

節子が固い口調でそう言ったので、男たちは一瞬鼻白んで黙ったが、すぐにまたワインをつぎ合って、ゴルフの話に戻った。

レストランは二階の海側の端にあって、下の芝生では幾箇所もの台の上で、焔が燃えていた。日が暮れてもしぼまない南国の花と椰子の灰色の幹が照らし出されていたが、高い椰子の葉も、椰子の並びの彼方の海も闇に溶けこんでいる。節子の椅子はちょうど海の方角に向いていた。波の音も潮の香もしないのに、彼女は闇の奥にありありと海を感じていた。彼女が坐って眺めていた間に潮はひいていたから、いま頃ひたひたと満ちてきているのだろう。外海では真黒な大波がうなりを上げて押し寄せては、珊瑚礁の縁で誰も見ない白いしぶきをあげているだろう。

これまで夫と子供たちに必要とされることで自分があると思っていた。だがいつか自分が誰からも必要とされなくなる日がくる、と節子はひとり大きな伊勢エビの肉を切りながら考えていた——だが必要とされたり必要としたりすることのないもの、つまり直接には関係のないものが、関係ないままに確かにあるのだ。とてつもなく大きく荒々しく、しかも心にしみるように美しい。それを何と呼べばいいのか、自然でも世界でもない、もっと巨大で繊細な存在を、彼女はぼんやりと感じ始めていた。それとの間に何か通じ合うものがある。いままでどうしてそんなことに気づかなかったのだろう。家の中ばかり閉じこもっていたからか。そうも言えるけれど、五年前ではたとえ同じようにこの太平洋の真中の島に来ても、いまほどは感じられなかったにちがいない。自分が誰からも必要とされなくなる日をぼんやりとでも予感できるようにならなければ、自分を必要とはしないものの存在はわからないのだ。

前の晩ほとんど眠っていないだけに、酒がまわると男たちは疲れが出たようだった。食事が終ると、早々にそれぞれ自分の部屋に引きあげた。

信三も風呂に入ると、すぐにベッドに入った。

「本当に退屈しなかったのか」

信じられないという口調で、ベッドの中から声をかけた。

「ええ、本当よ」

とだけ言った。たとえそれ以上話そうとしても、自分の貧しい表現の仕方では、自分が思いがけなくあの海と空に感じたことを言えないだろう。

「あすもゴルフでしょう」

「そのために来たんだから。明後日は一緒にのんびりするようにしよう」

節子はカーテンをしめようとして、カーテンの端に手をかけたまま外を見ていた。ここからは右手になる別館の庭で照明の焔が消されるところらしかった。直接には焔は見えないのだが、岸に沿った椰子の真直な幹を赤っぽく照らしていた光が、すっすっと薄れて(幾つも燃えていた焔をひとつずつ消しているのだろう)、椰子の列はその度に暗い海の方に後退してゆくように見え、やがて全く闇に溶けて消えてしまった。

「わたし、明日海に入ってみるわ」

なま温い泡のような感覚が体の奥の方からゆっくりと昇ってきて、のどのところではじけた気がした。ひとり言のように思わず口にしただけだったのに、夕方からそう決心していたような気になった。

「おまえ泳げないはずだろう」

夫は驚いた口調で言った。

緑の草の汁と牛乳を混ぜたような不思議に穏やかな色に静まり返る昼間の珊瑚礁の海を、節子ははっきりと思い浮かべた。その真中で、少年がひとり泳いでいる。広い牧草地の真中で、羊飼いの少年が草笛を吹き続けているように。背後に険しい雪の山々が聳え連なっている。アルプスの高原のような眺めだが、うんとむかし、まだ少女のころにそんな物語のさしえを見たことがあった気がする。

心の奥が開いていくひどくなつかしい気分を覚えた。ついこの間のことのようだ。わたしは間違った人生を選んだのかもしれない、という思いがけない気持が浮かびかけた。いやもっと悪い、選択を間違えたのではなく、選ぼうとしなかった、選ぶことを避けたのだ、と。

カーテンを強く引いた。カーテンレールが甲高くきしんだ。

「湾の中はとても浅いんです」

努めて冷静に言った。

灯を消してやっと寝つきかけたと思ったら、夫が寝台に入りこんできた。カーテンを締め切った室内は真暗だ。

夫は縋りつくようにしがみついてきて、強く唇を吸い胸を撫でた。そして手荒く下着を脱がせる。疲れているはずなのに、と思う。夕食のときもステーキを半分残していた。そうではなくて、疲れているからなのだ、と手荒くされるままに任せながら妙に冷静に節子は考える。一晩ぐらい眠らなくて（実際はわずかの時間だけど熟睡していた）そのままゴルフをしたぐらいで疲れ切ってしまったことを認めたくないのだ。ひどく激しく喘いでいる。

まだ若かったころは、わたしの反応を余裕をもって見おろしながら、わたしを乱れさせるよろこびを感じていたようなのに、いつ頃からか、逆に子供っぽくなってきた。余裕がなくなり愛撫が乱暴になり、まるで年をとること、老いること、もうすぐできなくなるのではないかという不安と恐怖から、母親のスカートの中にもぐりこむ子供のように、わたしのなかに押しこみ逃げこんで、自分をなくそうとする。

中年になっても少しも無駄な肉のつかない節子とちがって、食物に結構気を使いながらもぶくぶく肥ってきた夫の体を、節子は愛撫のたびにいつも重いと感じてきたのだが、なぜかいま、信三は押しつけるように体をもたせかけてくるのに、その体がだんだん小さく感じられてくる。子供のようになり、小動物のようになり、もっと小さく毛のないネズミのような生物が這いまわっている感じだ。裸の白いネズミが影に怯え不安に駈られて騒ぎまわっている。

自分の方が大きく膨らんでいるのだろうか。入道雲が絹雲が、さまざまな雲と光と嵐の気配が、スローモーションのフィルムの画面のように、体の中をゆっくりと膨れひろがり、陽に輝き黒ずんで渦巻くのを、節子はむしろ目を一杯に見開く思いで感じとる。青黒い海がうねっている。

信三は体全体を彼女にもたせかけて、というより自分の体を支える力を失い果てて、彼女の上にぐったりと俯せになっていた。呼吸はせわしないが強くない。胸が異常に早く波打っている。節子は両手で信三の肩を握ってゆすった。

「どうしたの」

「何でもない。とてもよかったよ」

信三は節子の頬に自分の頬を押しつけたまま、力無く答えた。信三の額の汗が節子の顔に滴り落ちる。疲れてるくせに無理するからよ、という言葉を、節子はのどの奥に押し返す。

わたしはこのひとを愛しているのだろうか。求められることが愛されることであり、それに応ずることが愛することだと思ってきた節子は、急に隙間風が吹きこんだようなその問いに、驚いて怯えた。このひとの体はいま確かに重くわたしの上にのしかかっているのに、そしてこのひとの汗はわたし自身の汗のようにわたしの頸を、頬を、胸を伝い流れているというのに——節子の心はいきなりどこか遠いところへ連れ去られてゆくような寂寥感がひろがった。椰子の樹の下からきらめく海と湧き返る雲と空を眺め続けていたときの、しみとおるような孤独感が甦える。だがあの孤独な思いには、こんな知らないところに連れ去られるような感じはなかった。逆に懐しいところに還ってゆく不思議な安らぎがあった。

　あす必ず水着を買おう、どこを探してでも、と節子は自分に言った。

　マイクロバスでゴルフ場に行く男たちをホテルの玄関口で見送ってから、節子はフロントで、水着をどこで買えるのか、と尋ねた。もし町の中の店まで行かねばならないと、英語でタクシーに乗らなければならないし、どうしようと、途方にくれるような思いだった。だが若い日本人の係員は、そこで売ってますよ、とフロントの向かい側に奥まって並んでいる土産物の店を教えてくれた。

　店の店員も日本人の女たちだった。節子がおずおずと入ってゆくと、免税の洋酒と香水をしきりに勧めた。娘に小さな香水を一個買った。それから「水着が欲しいんですが」と言うと、急に熱意の消えた態度で、店の隅の方を指さした。免税品に比べて儲けが薄いのだろうと思われた。だがそのために気楽に水着を選ぶことができる。

　若い人向きの派手な色の大胆な形のものが多い。やっと胸と腰に分かれていない古い型の黒っぽい水着を見つけたが、手にとって見つめていると、何か気に入らなかった。年齢を考えれば、それで十分いいわけなのだが、水に入るためだけに水着を着るのではないのだ、と節子は思う。プール際に寝そべっている若い女たちのように人に見せるための水着でもない。他人がどう思おうといいのだ。夫だって見るわけではない。あの海と空の大きなドラマの中に歩み入ってゆくための舞台衣裳のようなものだ。そう思うと、冷房のきいた土産物店のひと気ない隅で、節子は胸が急に波立つような気分になる。

不安なのか興奮しているのか自分でもよくわからない心のたかぶりのままに、節子は幾らか色はおとなしいが、セパレーツの水着を選ぶ。あのおしゃべりな中年の女店員が何か言わないかしら、というためらいを、心の中で押しつぶす。店員は何も言わなかった。気のない態度でビニールの袋にぽんとほうりこんだだけだった。金を払ってから、砂の上を歩くゴムぞうりと陽焼けどめのオイルも必要だと気付いて買い足した。サングラスも、と思いかけたが、そのままの光と色の世界を見たかった。

部屋に戻って水着に着換えると、皮膚を一枚むいたような、じかに自分が世界にさらされるような気がした。だがよく見ると、贅肉のついていない均斉のとれた節子の体は年齢より十歳は若く見える。年甲斐もなく、という程ではない。思いきって化粧を濃くし、ブラウスを肩からひっかけただけで、小銭と腕時計と部屋の鍵とサンオイルとタオルを土産物店のビニール袋に入れて部屋を出た。

エレベーターを降りても、プールのわきを通っても、誰も特別の目では見もしない。プールのまわりでは、きょうも若い男や女たちが寝椅子に伸びて肌を焼いている。肌を焼くだけならわざわざここまで来なくてもいいのに、と思いながら、節子は水際まで出る。日ざしがいっせいに降りかかり、ブラウスのボタンをとめていない胸から腹、剝き出しの脚の柔い腿に、小さな無数の光る針が突き刺さってくる感じだ。

湾はきのうと同じように澄んで光って淡く微妙な緑色に染まっていた。雲の具合も同じだった。雲の流れで薄陽になったかと思うと、思いきり明るくなる。珊瑚砂の水際に幾組か寝そべっている人たちはいるが、水の中にはまだ誰も入っていない。

節子はきのうと同じ椰子の葉の蔭に、タオルをしいて坐った。きのうは気がつかなかったのだが、湾の中はところどころに黒く見える箇所がある。ぽつんとひとつだけのところがあり、幾つも連なっているところもある。水面下の岩か海藻の茂みなのだろう。そのゆらめく黒い影が妙に生命の気配を感じさせる。何気なく傍の珊瑚砂を手に握りとってみると、明らかに普通の砂とちがって、様々な形も大きさも不揃いな、確かに骨のようなものの細片だった。考えてみれば、白い底が透きとおって見えるこの湾は、珊瑚という生きものの骨というのか殻というのか、死骸の散乱場でもあるわけだった。そう言えば、この微妙な緑色の染まり方も、どこかこの世のものならぬ妖しさがあるともいえる。ふたつの岬を結んだ線のところで外海の大波が見事に崩れて消えるのも、美しい白い墓地への敬意なのかもしれない。

そんなことが感じられるのも、自分がきのうより海に近くなったからにちがいない、と節子は思った。だがこれからどうやって海に入ったらいいのか。正直いって、節子は水がこわかった。浅いということは、きのう中に入っていた人たちが立っていたときの様子からわかっているのだが、ひとりで入ってゆく勇気はない。

節子はきのうの少年を頼みにしているのだった。あの少年はこの湾を愛している、と彼女はわかっている。しかも少年がひとりで来ているはずはないから、同行の両親かきょうだいかは、少年ほど珊瑚礁も魚も好きではないのだ。あの子は孤独だ、と彼女は本能的に感じとっている。さびしそうな影は少しもないけれど。

少年が大きなゴム製の黒いひれを両手にぶら下げて現われたのは、一時間ほどたってからだった。

少年の方も節子を覚えていたらしく、水際に立って微笑した。

「きょうも魚の巣を見に行くの」

少年はうなずいた。

「お願いがあるんだけど、おばさんも連れてってくれないかしら。それともあなただけの秘密なの」

「いいよ、秘密なんかじゃないもの。本当に素晴らしいんだ、幾ら見ていても飽きないよ」

少年は生き生きとそう言った。それから節子の身のまわりを探るような目で見た。

「おばさん、道具を持ってる?」

「何もないわ。道具がなければ駄目?」

「水中めがねだけはないと、水の中は見えないよ。貸ボート屋で貸してくれる」

少年は自分の道具を足もとに置いて、一緒に貸ボート屋までついてきてくれて、両目が一度におさまる大きな水中めがねを、幾つも節子の顔に当てては、できるだけ水が洩れこまない大きさのものを熱心に選んでくれた。

水際に戻ると、少年は砂にしゃがみこんで両足にひれをつけ始めた。それを見下ろしながら、節子は思いきって言った。

「あのねえ、わたし泳げないのよ、全然。それでも大丈夫？」

「大丈夫だよ。そこのところが少し深いだけで、あとはお腹ぐらいしかないよ。そこだっておばさんなら首までこないよ」

少年のあとから水に入る。思ったより水が温かい。

「急に深くなるんじゃないでしょうね」

「ぼくが先に歩いてゆくからわかるよ」

水は次第に足首から膝、腰のあたりまでになる。本当にきれいな水だ。と足の裏にぬめりとするものを踏みつけて、節子は悲鳴をあげた。

「ナマコの一種がたくさんいるんだよ。でも刺しもしないし毒もないから、幾ら踏んだって心配ありませんよ。気味は悪いけど」

家ではナメクジでもゴキブリでも見ただけですくんでしまうのに、正体がわかればナマコもいまはそれほどこわくはないのが不思議だ。水面からのぞきこんでみると、珊瑚砂をかぶって白くなっているが、もともとは棘もしわもない黒っぽい太目のソーセージのような、生きものというより物体のようなものが、そこここに転がっているだけだ。

次第に水面が腹から胸へとせり上がってくる。両足は確かに珊瑚砂を踏んでいるのだし、流れもなく波はあるかないかの小波なのに、いきなり頭からざぶりと水をかぶりそうな、ひどく不安定な気分。少年は一メートルほど前を、両手で水をかき分けながらひょいひょいと底を軽く蹴って進んでいる。

「もうすぐ浅くなるよ」

少年が振り返って言う。少年の身軽さが羨ましい。この年頃だと少女はもう女くさくなるのに、男の子というのは子供でも男でもない不思議な存在に見える。男の子を育てたことのない節子は、西洋の神話か伝説の中の少年に導かれてゆくような気さえした。泳げない自分がこうやって水の中を進んでいるのが信じ難くて、夢の中の自分をみているようだ。意識は怯えているのに、澄んだまわりじゅうの水から、明るくなつかしい気配がしみこんでくる。澄みきっているのに、水はねっとりと肌に触れて生温く濃い。

本当にまた浅くなり出した。雲と一緒に陽ざしが水面を滑ってゆく。

「あとは先にゆくほど浅くなるんだ」

「変わった海なのね」

「珊瑚礁の中だからだよ。あの波が崩れているところ、あそこが珊瑚礁の縁で、あの先は断崖のように急に深くなっているんだ。サメが一杯いるはずだよ」

「こわいわね」

「こわいよ、本当に」

　少年は真剣な表情で言った。

「でもちょっとのぞいてみたいわ」

「サメが口をあけてとびかかってくるかもしれないよ。タイガー・シャークっていう一番凄いサメがいるよ。この辺の海には」

　サメがうようよいるとは初めて聞く話だったが、そういうことをぼんやり感じていた気もする。

　もう水深は腰より低くなっている。岸からかなり遠ざかっていた。珊瑚礁の縁で砕ける大波がぐっと近づいて、どうどうというひびきがはっきり聞こえてくる。あの先が断崖になっていると教えられて、外海はいっそう黒々と無気味に見えた。にもかかわらず、引き寄せられるような妖しい力も、節子は感ずる。なぜかわからない。わからないが、目がひとりでにその方に引きつけられる。防波堤で仕切られているのでなく、ことそのままつながっているのが、こわくて誘惑的なのだ。手すりのないビルの屋上のように。

　考えてみれば、何でもないことかもしれない。ひとりで海を眺めて、それから水着を買って海に入って……誰もが普通にしていることなのに、初めて自分から海に入った節子にとって、それはそのままあの大波のところまで行きかねない衝動を秘めていた。これまで無理して自分を閉じこめてきたとも、妻として母親として無理に努力してきたとも思っていない。それはそれで自然だった。だがひとたび偶然に一枚の膜を押し分けると、もっと強い自然の力が自分を駆りたてる。

「ここだよ。ここが熱帯魚の巣なんだ。おばさんもこれをつけてのぞいてごらんよ」

節子は忘れていたのに、少年は彼女の水中めがねも自分のと一緒に持ってきていた。少年にならって、節子も手渡された水中めがねのゴムバンドを頭のうしろにまわして、ガラスの部分を両目に当てる。少年は水中めがねに取りつけられている中空のパイプの一方の先を口にくわえて、水面をゆっくりと輪を描いて泳ぎ始めた。

節子はどうにか水中めがねを装着すると、おそるおそる体を屈めて顔を水中に浸した。それは思いがけない世界だった。水面からはぼんやりとしか見えない水中のあらゆるものが、地上の風景よりむしろ鮮明なほどはっきりと見えるのだ。大きなテーブルほどの茶色っぽくすべすべした岩のようなもののまわりに海藻がゆらめいていて、その中に何十匹という小さな魚が出たり入ったりしているのだった。白地にくっきりと黒い縞の入った魚、青白く月光のように体全体が光っている細長い魚、口がとんがって体全体が平べったい黄色い魚、その他にも様々に鮮やかな、あるいは濁った色の魚たちが、明るく透きとおった水の中を群がり泳いで、岩のくぼみの餌をつっついたり、互いに追いかけたりしていた。それは小さな別世界だった。かなり近づいてもこちらの体を急に動かしたりしなければ、魚たちは逃げもしないし隠れもしない。海藻がゆらめき、底の白い珊瑚砂が静かに光っている。息が苦しくなると顔をあげて思いきり空気を吸って、また体を沈める。魚に興味などもったことはないのに、節子はその幻想的な水中の世界に強く魅せられた。

「どう、竜宮みたいでしょ」

泳ぎやめて立った少年が、パイプの端をはずして得意そうに言った。

「ほんとうね、きのうあなたの言った通りだわ」

岸の近くで何人か泳ぎ始めていたが、湾の中の方はふたりだけだ。まわりは一面に穏やかな水面、外海の大波は珊瑚礁の縁で防がれ、頭上には大きすぎるほどの空がひろがっている。時間の外に出てしまったような静けさに浸されている。伝説の一場面の中にいるようで、しかもすべてがそのままに自然だった。思いきって水に入ってきてよかった、と節子は思った。きのうは海と空の大きさに感動したが、まだそれは岸から眺めての感動だったが、いまは自分も舞台の中にいる。とてつもなく大きな世界の中にいる、と節子は感じる。彼女がここにいることは誰のためになるわけでなく、何物も彼女を必要としていないのに、目に見えない何かによって、いまわたしは世界と通じ合っている。

水温が高いのがよかったにちがいない。浅い湾内の水は、真上から熱を加えられ続けている大きな皿の中の水のようなものだ。ぬるい風呂の水の感じで、節子はやさしく抱きかかえられたような自分の体を感ずるのだった。地上では絶えず動かしていないと落ち着かない体が、いまは小さな魚の世界を眺めるだけという無意味なことしかしていなくても、苦にならない。自分の体がこんなになまなましく敏感だったのか、と初めて驚く。息をするために立っても、強い直射日光とあるかないかの適度の微風とが、交互に熱しさましてくれて、水中に屈みこんでいるときとほとんど変わりない肌のぬるさである。

「この魚たちはどのくらい生きてるの」

「二、三年ぐらいかな」

「ここで卵を産むの」

「そうだと思うけど、珊瑚礁の魚は外海にも巣をもっているらしいという説もあるよ」

「あなたはよく知ってるわね」

そう言われても、少年は別に得意がるわけでもない。どういう子供か知らないけれど、さわやかな子だと、改めて鼻筋がとおって眸の冴えた少年の顔を見つめる。少女時代にこんな少年をぼんやりと思い描いていた気がする。それから妊娠していたときも、こんな男の子が産まれてくると思っていた。だから産まれたのが女の子と知らされたとき、軽い失望を覚えたのだった。

「あれ何だろ」

少年が岬の方を眺めて呟く。海に向かって右手の方の岬の突端から、黒煙が立ちのぼっていた。濁った黒さだ。

「あの煙の色だと、ガソリンより古タイヤの山を燃やしているようだけど」

「そうなの、わたしはわからない。でもあれだけの煙なら相当の物が燃えてるんだわ」

少年の言うとおりだとしても、節子は煙から目を離せない。椰子の茂みの上に聳え立っている断崖の上から、煙は風のない青い空に、渦を巻いて立ちのぼり続ける。

「あっちもだ」

岸のホテルの背後からも同じような黒煙が立っていた。ホテルのうしろは木に覆われた低い丘になっていて、煙はその丘のさらに向こうのようだが、空港の方角のようにも思える。

「戦争かしら」

「そんなことないよ」

と少年はきっぱりと言ったが、幾らか不安そうな顔だ。

「戦争ならこの島にはアメリカの空軍基地があるから、どんどん飛行機が飛び立ってるよ」

ふたりはしばらく下半身を水に浸したまま、ふたつの煙を交互に眺めている。黒煙は天頂近くまで盛り上がってから勢が衰え、次第に薄れ出した。何でもないとは思うものの、何か警告のようにも節子には思われた。すっかり忘れていたが、きのうも真黒な飛行機が飛んでいた。節子はそのことを少年に話した。

「B52だよ」

と即座に少年は答えた。

「B52って何?」

「水爆を積んでるアメリカの爆撃機だよ。この基地に一杯いる。もう古い型だけど、世界で一番大きい」

「何だか気味悪いわね。大丈夫?」

黒い煙と黒い飛行機の記憶とが節子の中で結びついて、ぼんやりと不安だ。

「心配ないよ。B52は訓練飛行だよ。一日に何回もよく飛んでる。煙はタイヤか何か燃やしているんだ。きっときょうはこの島の大掃除の日じゃない?」

少年はおとなびた口調できっぱりと言った。

節子は自分の息子のような少年から安心させられている自分を感ずる。やはり男の子だわ。

「関係ないよ」

もやもやとした不安を断ち切るように少年はそう言い切ると、呼吸のパイプを口にくわえ直してまた水にもぐった。節子も大きく空気を吸いこんで水中に屈みこむ。二度三度もぐっているうちに、煙は跡かたもなく消えていた。

昼食に岸に戻った。節子はプールわきの軽食堂でひとりスパゲッティを食べた。普段は家でひとりだけだとほとんど昼食は食べないのに、スパゲッティをきれいに食べた。プールのまわりの熱帯植物のどぎつい緑と原色の花が身近に感じられた。

食べ終って岸の椰子の蔭に戻った。貸ボート屋でジュースを買ってきて、ゆっくりと飲んだ。気だるく快い気分だった。水着姿ももう少しも気にならない。水もこわくなかった。潮はいっそうひいてるようで、椰子の根もとから水までの距離が、朝方の二倍近くになっている。

約束したわけではなかったのに、少年はまたどこからともなく現われた。いつもの潜水道具のほかに、小さなポリエチレンの袋を持っていた。

「これハムの残りなんだ。魚たちにやろうと思って」

少年はその餌の袋を大切そうに片手で捧げ持つようにして、水の中を歩いた。朝方は胸まであった水が胃のあたりぐらいまでしかこない。節子はもう怯えもしないで、少年のあとを遅れないようについて行くことができた。

魚の巣の岩のところまで来ると、少年は早速、袋からハムの切れはしを取り出して潜り、魚の群の前で細かくちぎって落とした。魚たちは先を争って少年のまわりに集まってきた。餌をまく人間のまわりに集まってくる鳩の群のようだった。月の光のように青白く光る魚たちがとくに幻想的だった。信じられないような光景を、節子は幾度も水面で息を吸い直しながら、半ば夢心地で眺めていた。

少年は本当に魚が好きなようだった。どんな近くまで泳いできても決してつかまえようとはしなかった。それがわかるのか、魚たちはハムの餌がなくなっても少年のまわりに群がって泳いだ。

この子は自分の世界を持っている、と節子は感動しながらそう思った。家族が一緒のはずなのにいつもひとりだ。ひとりなのに孤独な影が少しもない。節子が魚たちに感心するのをよろこんでいるが、たとえひとりだって同じように魚と戯れているだろう。

ひとりで生きてゆく、というのはこういうことなんだわ、と新鮮な驚きとともに節子は感心する。ただね、世界はこんな夢のような場所だけじゃないのよ。節子は幾度も、怒濤が崩れかかる一線を眺め渡した。穏やかに光ってぬるむ湾の中と、底知れぬ黒い外海とを分かつ一本の線。断崖とサメと潮流と大波と深さ。そこまで行って、線の外を覗きこんでみたい誘惑を次第に強く覚え始めた。だがひとりで行くのはこわかったし、少年を連れてゆくのは危険だ。

ここまで近づいて眺めると、岸からとはちがって波の大きさと激しさが、のしかかってくるようによくわかる。いま彼女のまわりにある同じ水とは信じられないほど黒くて冷たそうな、冷えたまま溶けた鉄のようだった。だがあそこに本当の世界がある、という声も聞こえてくる。こわいものが、あられもないことがひしめいているとしても、自分の体と心でじかにそれを味わってみたい。どうしてそうしてはいけないのか。

水中めがねをはずして、節子は改めてあたりじゅうを眺め渡す。雲の影がまた水面を移動してゆく。たとえ求められるだけでも夫や娘との絡まりの中に戻りたいと、急に激しく思う。夫がわたしの中の夜にしがみつくようにして逃げこんでくるのと同じように。だがその時期は終ろうとしている。ひとりでわたしはさらされなければならない。思いきりさらしたい、とも思う。体が思わず震えてくる。こわいからだけではない。いままで気づかなかった心の底からのめまいのような不思議な力が、にじみ出てくるのだ。

昼前に黒煙の見えた岬の上空を、あの黒い飛行機がまた飛んでくるのが見えた。いやに細長い翼の先の方が両側とも下がっている。半ばひろげた羽根の先端を地面につくほど下げて、雌に挑みかかる雄の鳥のようだ。無気味な黒い大きな鳥。

そのとき岸で両手を振っている人の姿が目に入る。初めは自分に合図しているとは思わなかった。だが湾の中ほどまで出ているのは節子と少年だけだ。目をこらしてみると、夫の仲間のひとりのように見える。何があったのだろう。いやな予感がした。

わたしを呼んでいるようだから、と少年に断わって、節子は岸に引き返す。急いだので、底のナマコを幾度も踏みかけた。

岸に近づくと、やはり仲間のひとりだった。ゴルフに出かけたときのままの服装である。知っている人には水着姿をはずかしいと思ったが、男は「ご主人が具合悪くなって」と彼女がまだ岸に上がりきらないうちから大声で言った。

「コースの中で急に気持が悪くなったとしゃがみこんでしまいましてね。あわてて連れ帰ったんですよ」

急いで男と一緒に部屋に戻った。信三はゴルフの服装のまま寝台に横になっていた。他の仲間たちも部屋に集まっていた。夫は顔が土色になって目を閉じていた。眉間にしわが寄っている。

「日射病だと思いますが、心臓が苦しいというので、ホテルで医者を呼んでもらいました」

男のひとりが低い声で説明した。

「申しわけありません」

と節子は頭を下げると、洋服を抱えて洗面所に入って手早く着換えた。多分疲れすぎの日射病と思われるが、日頃から血圧が高いのだ。節子は動悸がしずまらない。ブラウスのボタンを幾度もかけ違えた。濡れた髪はタオルで縛った。この半日、自分の心がどんなに夫から離れていたか、改めて気づいた。

夫に声をかけようとしたが、仲間たちに引きとめられた。夫は半ば開いた口から苦し気に呼吸していた。

意外に早く医者が来てくれた。初老のアメリカ人の医者は、落ち着いて丁寧に診察した。

英語のできる仲間のひとりが、医者の言葉を皆に通訳した。心臓の鼓動が乱れているが、一過性で心配することはない、二、三日静かにしていれば癒るだろう、ということだと、通訳の男は言った。皆はほっとしてうなずいた。節子は医者に黙って深く頭を下げた。人目がなかったら床に坐りこみそうだった。

医者が処方箋を書いて帰ると、仲間たちも自室に引きあげた。薬は英語のできる男が町の薬屋まで買いに行った。

静かになった部屋の中で、信三は目を閉じたままだった。時々眉をしかめた。初めは動転しかけたが、節子は自分でも不思議なほど早く冷静になった。医者の診断のせいもあったが、それより来るべきものが来たのだ、という思いが、彼女の心を落ち着かせたのだった。これで信三も人生のひとつの時期を終えたことに気付くかもしれない。他人と争ったり騒ぎまわったりするだけが現実ではないということに。節子はタオルを絞ってきて、夫の顔を拭いた。手も拭いた。パジャマに着換えさせようか、とも思ったが、しばらくこのままにしておくことにした。信三は目を閉じて、されるままになっていた。呼吸は幾らか穏やかになってきた。

以前だったらうろたえて取り乱しただろうと思う。だがいまはそうではなかった。何かが変わった。それが何か、節子自身もわからなかったが、何かを見てしまった、という気がする。いやまだ本当に見てはいない。珊瑚礁の縁まで行きたかったのだ。そこまで行けば納得できる何かを見ることができた気がする。いまからでも行ってこようか、という考えが浮かび、こんなときにそんなことを思いつく自分に彼女は驚いた。

そっと窓のところに行った。陽が落ちかけていた。いままで気がつかなかったが、湾は西に向いているのだった。真西ではなく、やや北にふれているけれども、湾の左手寄り、陽の落ちてゆく方角には、水平線から湧き上がったような巨大な入道雲が坐りこんでいた。陽はその背後にまわりこもうとしている。庭の椰子の影が長く芝生とプールと熱帯植物の茂みの上に伸びている。プールのまわりにも水際にも、もう人影は数えるほどしかない。それなのに湾のほぼ中央に、あの少年はまだひとりいる。不思議な少年だわ、まるで海の中からやってきた少年のようだ、と彼女は思う。

いつになったら岸に戻るのだろう、と考えながら、節子は少年を見ていた。すると少年が岸とは反対に外海の方へと歩き始めた。少年が言っていた通り、水は外に行くほど浅くなり、膝から足首ほどしか水がなくなる。危ない、と声を出しそうになる。陽ざしが薄れていっそう陰々と黒ずんできた外海からの大波が、少年の背の何倍もの高さに盛り上がっては、端の方から次々と崩れかかる。そのしぶきがかかりそうなところまで、少年は近づいている。

自分でも危ないとあれほど言っていた珊瑚礁の端まで、どうして少年が行こうとしているのかわからない。

信三の寝台を振り返る。眉間にしわを残したまま眠りこんでいるようだ。穏やかな寝息が聞こえる。この男と半生を共にしたのだ、と改めて思う。他に男は知らない。この男ひとりがわたしの人生であり世界だと思ってきた。そうと意識することもないほど自然に。しばらく見慣れたはずの夫の顔を見つめていたが、次第に遠くから眺めるような気分になる自分に気付いて、窓の方に視線を移した。と息をのむ思いがした。

西の入道雲が崩れかけて夕陽がその崩れ目から溢れ出し、空も海も一面真赤に染まっているのだった。西の空だけでなく見渡す限りの大きな空と、様々な形の雲の全部が赤かった。濁った東京の夕焼けのようにくすんだ赤ではなかった。一面に金粉がきらめくような豪奢な赤である。小さな少年の全身も金色に輝いて見えた。もうほとんど珊瑚礁の端である。

危ないわよ、と声に出しそうになりながら、彼女は自分が、夕陽を全身に浴びて断崖の上に立っているような興奮を覚えた。引きこまれないように、転ばないように、波に注意して、足を踏ん張ってしっかりと見るのよ、サメがうようよいるという断崖の海を、その深さを、暗さを、そこに渦巻いているものを。

いっせいに盛り上がっては端の方からすーっと刃物で切り裂かれたように崩れかかる波頭が、白く赤く金色に染まっていた。波は次々と盛り上がり、染めあげられ、崩れて飛び散った。少年は少し後退した。その足許まで崩れた波が押し寄せている。もういいわよ、早く戻って、と節子は心の中で叫ぶ。その間にも夕焼けはますます濃くなり、岸の椰子まで燃え上がるように赤い。節子は目の中まで赤く染まるような気がする。

とその真赤な視野の真中に、初め小さな点がぽつりとにじみ出したかと思うと、みるみる大きくなって、あの黒塗りの飛行機の形になった。気味悪いほど深紅の夕焼けの中から飛び出してきた巨大な黒い鳥だ。節子は恐怖よりもっと深い身震いが全身に走るのを感じた。

次第にその黒い鳥が夕焼けの中からではなく、彼女自身の中から飛び出してきたように思えだしたからである。

【参考資料】（一九八七年七月刊　福武文庫『天窓のあるガレージ』より）

文庫版あとがき

　ここに収録した短篇のほとんどは、一九八一年に書かれたものである。その年にはまた長篇「抱擁」も書かれている。

　芥川賞を受賞した「あの夕陽」以下「此岸の家」「風の地平」など私小説的傾向の濃い家庭小説を書いていた時期と、一九八〇年代半ばの長篇「夢の島」「砂丘が動くように」など都市的、虚構的な作品が書かれた時期との、ちょうど転換点に立つ作品群である。

　とくに今回読み返してみて、「渦巻」という短篇の意味が大きかったと改めて思った。その作品まで、私の小説はすべて、新聞社に勤める中年の男つまり作者の私から文学者という要素を抜いた人物を主人公ないし視点として書かれてきた。それが「渦巻」以後、作品中からそのような「私」がぴたりと消える。あるいは「私」が女性に、若者に、少年にと自由に変身し始める。

「夕焼けの黒い鳥」「天窓のあるガレージ」「29歳のよろい戸」は（長篇「抱擁」ととも

に)、そのような非私小説的な書き方の、最初の諸作品ということになる。

なぜその時期に、狭い意味の「私」が消えたのか、私自身は必ずしも判然としない。強く意識して、私小説的形式から脱却しなければ、と意図したわけではなかった。いわば何となく、自然な成行だった気がするが、「渦巻」に書かれているような一連のふしぎな体験(これはほぼ事実に近い)と関連があったとは言えるだろう。リアリティーの原点が「私」を中心とする小世界から、「私」も含めてより大きな実在の側へと切りかわるような体験。

そのような転換も「渦巻」で忽然と起こったのではなく、「地下都市」「昼と夜の境に立つ樹」「ワルキューレの光」と、狭い意味の「私」を越えようとするモチーフの諸作品が書かれた結果として現れてきたもののようである。

そういう意味で、この短篇集は同一時期の七つの短篇が並べてあるというだけでなく、「渦巻」を頂点とする転換の直前と直後が見渡せるように構成した。私の小説の形式における、また私の世界感覚における、ひとつの変化のドラマとしても読むことができるであろう。

それにしても、一九八二年五月刊の単行本においては、そのような構成になっていなかったことは、今度気付いて少なからず意外であった。恐らくこの諸作品が書かれた直後には、自分の深部で経過しつつある変化が、自分にも十分意識化されていなかったからにちがいない。たとえば「私」が以後の作品中から姿を消すとは思っていなかったのだろう。

この発想はいささか気落ちさせるものであった。というのは、その時の自分は自分でもよくわからない霧の中を迷いまわっているようなもので（しかもよくわかっていないこともわからなくて）、一九八七年現在の私も、今実は何をやっているのかわからないままに、もがいているだけではあるまいか、ということになるからである。

多分そうなのだろう、常に、私は。自分でも気付かないうちに大きな変化を経過していたり、自分では大いに新しいことを試みているつもりで実は足踏みしているだけだったり……。

困ったことである、少なくとも五年ほど経ってみないと、いったい自分がいま何をやってるのか、わかりはしないとは。

表題作の「天窓のあるガレージ」という短篇は、このあと短篇集「夢を走る」（中公文庫）収録の諸作品へと連なってゆく一連の都市幻想短篇のはしりとなった、私の好きな作品である。

細かく区切った断章風の書き方を思いついたとき、二日間ほどで一気に書けた、と記憶している。その断章風の書き方は、ウィトゲンシュタインの「論理哲学論」のあの独得な記述と文体からヒントを得たような気がするが、これは確かではない。

なお「昼と夜の境に立つ樹」の執筆に当たっては、ハンス・フィンダイゼン著、和田完訳「霊媒とシャマン」(冬樹社)を参考にし、シャーマンの歌を一部使わせて頂いた。

日野　啓三

一九八七年五月

解説

鈴村和成

日野啓三、ジャンプする

明るすぎる陰画《ネガ》を焼付ければ出てくるのは
暗すぎる陽画でしかない。
――『幻視の文学』

短篇集『天窓のあるガレージ』の「ガレージ」とは、端的に日野の都市である。それは極微の都市にちがいないが、この小宇宙は、蜘蛛から蒼穹まで、極小から極大まで、森羅万象をあわせもつ。それはユーラシア大陸にまたがる壮大なスケールの物語にひろがる。日野の都市は地下から天空へ、垂直の意志につらぬかれる。その都市は自然界そのものである。自然と都市が組みあう、アニミズムのコスモス――「用途不明の不気味な仕掛け」つまり都市といえば、と最後の長篇『天池』にある、「自然がまさにそうだ」。

日野啓三の自然を理解するには、異郷ものの短篇、「昼と夜の境に立つ樹」と「ワルキューレの光」を読むとよい。前者は北シベリアの大針葉樹林地帯を背景とし、後者はオーロラを見にオスロからさらに北へ北極圏を紀行する。

こういうと日野は北方志向の作家と思われるかもしれないが、かならずしもそうではない。「地下都市」はトルコのカッパドキア、「渦巻」はスリランカのコロンボ、「夕焼けの黒い島」はグアム島へ、それぞれ南方に旅をする。

表題作の短篇「天窓のあるガレージ」は東京都心にあって、一九七九年から八五年まで日野が住んだ、千代田区一番町のマンションをさすが、ガレージも天窓もマンションには実在せず、いかにも作家にふさわしい〈どこでもないどこか〉——彼が初期評論集のタイトルとした〈虚点〉の場所にほかならない。

本稿ではこの虚点を中心に、日野ワールドが反転する図を考察したい。

＊

初めての土地なのに、初めての気がしない。ちょうど一年ほど前、私は数枚のカラー写真と観光パンフレットだけを頼りに、この土地を舞台にした小説を書いていたからだった。

「地下都市」（一九八〇年初出）はこうはじまる。この土地とは、トルコ中部アナトリアの高原地帯、古代ローマの時代よりカッパドキアと呼ばれた地方のこと。勤務さきの新聞社の編集局長から、世界の秘境をたずねるシリーズの担当をまかせられた記者の日野は、ただちにカッパドキアに飛ぶ。

　この短篇は一九七八年初出の「果ての谷」の続篇という性格をもつが、もうひとつ続篇があって、還暦の年の腎臓ガンの摘出手術から五年後、亡くなる七年前の一九九五年に刊行された『聖岩《ホーリー・ロック》』の一篇、「幻影と記号」がそれである。

　虚構の書「果ての谷」と、紀行の書「地下都市」と、記憶の書「幻影と記号」と。その意味でこれら三つの短篇は、日野啓三の〈カッパドキア・ヴァース〉と称すべきトリロジーを構成する。

一九七九年、千代田区一番町のマンションに住んだ日野は、当時五十歳になることに耐えがたさを覚えていたが、

　　部厚い鉄筋コンクリートの冷えがしみこんでくる部屋の隅の仄暗がりに、頭巾《フード》のついた羊毛粗織りの灰色の長衣に身を包んだ男がひっそりと蹲っている気配を感じたのだった。（「幻影と記号」）

これがすべてのはじまりである。

時間が螺旋状に渦を巻き、いっさいが記憶から、幻影から、虚点から出現する。「地下都市」は顔のみえないローマ道士の、灰色の幻像が呼びだした紀行小説だったのだ。

日野はエッセイ集『都市の感触』で、彼の住まう一番町のマンションを「地下室」と呼んだ。そう考えるなら「天窓のあるガレージ」も一種の地下室である。「私の小説の発想は」と文芸文庫『夢の島』のあとがき「著者から読者へ」にある、――「まず最初に場所がくる」と。

「地下都市」には、作者のこの地下的感触がつよく浸透する。彼は地下の住人というより、地下都市そのものと化したのだ。

「果ての谷」が天をさす尖塔で魂をとぎすまし、終末と再生を待つ初期キリスト教修道士の物語だとすれば、「地下都市」の住人はそれとは反対に、地下に潜ってあくまでもサバイバルする、すさまじい現実の妄執を生きようとした。

この作品が「天窓のあるガレージ」同様、本書の中核をなす一番町の〈地下室〉で制作された重要性が理解されよう。

つぎの短篇、「昼と夜の境に立つ樹」に登場する、セミョーンというエベンキ族の男は片目で、彼の話にでてくる少年も、過酷なシャーマン入門の儀式を逃れようとして、片目をうしなう。

エベンキ族というのは、ロシアや中国の内モンゴル自治区に居住し、狩猟とトナカイの遊牧を生業とする。「遠くアジア狩猟民の血」(『漂泊 北の火』)を引き、セミョーンにもアジア系の風貌があてはまる。その伝統宗教はシャーマニズムだ。短篇のラストも、シャーマンが憑依するセミョーンの呼びだした、「トナカイの群があとからあとからと現われ出した」と神話的な場面で決まる。

おなじ異郷ものの一篇、「ワルキューレの光」のワルキューレは、ワーグナーの楽劇やコッポラの『地獄の黙示録』のBGMで名だかい北欧サーガの女神たち。主人公の男は悪天候のせいでオーロラを見ることはできない。かわりに「極北の湖の岸」(『ユーラシアの風景』)に立つ「私」のほの暗い意識の薄明だけが、ひしひしと伝わってくる。

ワルキューレを召集する隻眼の主神、オーディンの末裔かと思われる浮浪者じみた老人が物語のガイド役をつとめるが、古代の神々の顔をかたどったその男は、オーディンのようにやはり片方の目が義眼なのである。

さて、本書の中心におかれる「渦巻」は、文字どおり「地下都市」の後日譚である。

新聞記者の日野はトルコでカッパドキアを取材したその足で、イスタンブールからパキスタンのカラチ経由、スリランカのコロンボへ移動する。その行程がなみたいていではない。地名を追うだけなら簡単でも、じっさいは難行苦行である。私は『アジア、幻境の旅日野啓三と楼蘭美女』と題した紀行でこの旅をなぞったが、旅などという優雅なものではなかった。地図と現実では大ちがいだ。

日野はインドに二週間、カッパドキアに六日、カラチ空港で六時間待ち、コロンボへ。夕方近くに着いて「泥のように」眠り、翌朝早く車を駆ってポロンナルワへ。スリランカに二泊後、ネパールのカトマンズへ。ユーラシアを縦横無尽、孫悟空顔まけの強行軍である。「無理な旅程に、もう若くない体は疲労しきっていた」と記者は嘆くが、五十歳を閲《けみ》したサイボーグなみの精神力だけが、かろうじて激労に耐えたのである。

それ以上に、やたらとトラブルが絶えない。ネパールでひと息いれた記者は、カメラマンとウイスキーをオン・ザ・ロックで飲む。その氷がなま水だったのだ。日野は猛烈な下痢に襲われる。そういう経験は私もして、「村上春樹のノモンハンを行く」の取材でノモンハンに近いモンゴルのスンベル村に泊まったとき、ポットのお湯でコーヒーを何杯も飲んだところ、お湯といっても煮沸してなくて、なま水に毛が生えたようなものだったのだ。私はあんなひどい下痢を経験したことがない。

そういう激務もあって、ポロンナルワのストゥーパをまえに、日野はこういう内省を耳にする、――「もう若くもないのに、無理してよその国の土地を、それもかすめ通るだけのような仕方で、歩きまわってばかりいてどうなる? 自分の土地を知らなければ」。そんな声に答えるように、帰国して間もなく新聞社の部長に呼ばれ、その季節のよく知られた俳句を選び、エッセイ風の記事を書くよう命じられる。

内と外のこうした神秘な照応は、最晩年の『天池』になると、精緻で洗練された、「まるで世界は時間の上でも空間としても、無限に広がって黒く透き徹る光の織物のよう」という、「めくるめく渦巻」の思想に結晶した。

つづく短篇「29歳のよろい戸」では、女性が主人公になって「わたしは」と語りだす。この作品は、ある父娘が房総半島の館でくりひろげる確執と葛藤をえがく。老父は鍵穴からのぞくだけでなく、よろい戸を釘づけにしてしまうのだ。29歳の「変人館の娘」は叛旗をひるがえす。彼女がデュオニソスと呼ぶ「影法師」と淫行をくりかえす。母が死んだとき自分に誓った、「わたしは思いきり生きてやる、生きてやるわよ」という挑戦を実行に移す。

こういう主客の変奏は、東京の一番町を舞台とする表題作「天窓のあるガレージ」では、あざといまでに鮮烈だ。

主人公の少年は、同年の一九八二年にでた前作、長篇『抱擁』のヒロイン、少女霧子の男子版である。

ガレージにはいってきた父親に少年は、「もうたくさんだ。出て行ってくれ」と引導をわたし、「針金のお化け」と愛想をつかす。大会社社員のあわれな父は、サディストの息子の残酷な視線になぶられるばかりだ。

この父親は日野啓三に似るが、日野をモデルとした「片目は新聞記者、片目は作家」

（『聖なる彼方へ』）の文筆家ではない。

少年は詩人であり、見者《ヴォワイヤン》でもある、――

細長い草色の蛇が床の上で、美しい渦巻形のとぐろを巻いていた。／一点の濁りもなく透きとおった完全な正八面体が、一点で床に立って静止していた。

「透きとおった」蛇は少年の心をうつす完璧なセルフポートレイトとなり、短篇集の〈虚点〉に焦点をむすぶ。

この少年は、『夢を走る』の「ふしぎな球」に登場して、千代田区一番町の冷えびえとそびえるビルの谷底に、球体や穴ぼこやひび割れを透視する、ヴォワイヤンの一族なのである。

「天窓のあるガレージ」のウィトゲンシュタイン風の断章スタイルの明度に似て、つぎの短篇、巻末の「夕焼けの黒い鳥」は、端正でクラシックな、明るいスタイルで語られる。エピグラフに引いた『幻視の文学』の三島由紀夫論にいうように、短篇集のこうした明暗の反転は意図的なものだ。

ただし日野は海を愛したロマンティシストの三島とちがい、短篇のヒロイン節子とおなじく「海が好きでなかった」。日野はある時期、一九六六年ごろから三島に否定的になり、『存在の芸術』の文芸時評では、三島の『英霊の声』を「異常心理現象」と批判し、映画『憂国』を「喜劇的な趣きさえ感じさせる」と酷評した。

三島は海、日野は湖である。「ワルキューレの光」のコーダでも、オーロラ以上に神秘な湖に出会えた幸運が語られる。「もちろん湖は好きだ」という『天池』の一節、「こんな小さな湖ではなくて……天のどこかにある……」を、ここにかさねてもいい。

「夕焼けの黒い鳥」でもグアムの海を美しくえがくが、精細に読むと、日野が海から微妙に距離をとるスタンスがみえてくる。それはまず、

「波の音がしないわ」／「リーフの中だからですよ。奥さん」／男のひとりが答えたが、「リーフ」が何なのかわからない。


という三行に要約される。節子は夫の誘いによってグアム島へやってきた。信三は会社経営者のゴルフ仲間といっしょである。引用に短篇のテーマはみごとに鳴るが、節子には波の音が聞こえない。「リーフの中だから」である。彼女にはリーフが「何なのかわからない」。このわからなさのうちに、一篇のサスペンスは湛えられる。

そんなリーフの海に本篇のヒーローが登場する。

節子の注意を引く少年は「天窓のあるガレージ」でみた主人公の同類だが、「夕焼けの

黒い鳥」では主役の座を節子にゆずる。この少年は対象化されるだけに謎めいて魅力的だ。翌日の夜、節子は夫に「わたし、［水着を買って］明日海に入ってみるわ」といい、昼にみた海の回想にふける。

　緑の草の汁と牛乳を混ぜたような不思議に穏やかな色に静まり返る昼間の珊瑚礁の海を、節子ははっきりと思い浮かべた。その真中で、少年がひとり泳いでいる。

　少年は節子の静かな子宮の海を泳ぐのである。その夜の夫との性交は味気ないものにな

る。

　味気ないだけではない。終わったあと信三は、「自分の体を支える力を失い果てて、彼女の上にぐったりと俯せになっていた」。この瞬間、彼女は夫を緩慢な〈小さな死〉へみちびいたといえる。

　海にでた節子は珊瑚礁の砂を手に握って、おそろしい真実に気づく、――

　　白い底が透きとおって見えるこの湾は、珊瑚という生きものの骨というのか殻というのか、死骸の散乱場でもあるわけだった。

こうして〈リーフ（珊瑚礁）＝節子＝死をもたらす女（femme fatale）＝魔性の女〉、という古典的な性愛の等号がきれいになりたってしまう。

この小説の恐怖はしかし、それで終わらない。節子のもとに夫が日射病で倒れたとの報告がはいる。物語はいっきに序破急の急にさしかかる。

短篇のラストは、芥川賞受賞作「あの夕陽」から自伝的小説『台風の眼』のエンディングをへて『天池』の Epilogue まで、日野の小説をいろどってきた「豪奢な赤」——あの夕陽で頂点をむかえる。

その陽をあびて、

　小さな少年の全身も金色に輝いて見えた。

それればかりか、金色の光のなかに黒点がみえる。少年によれば「水爆を積んでるアメリカの爆撃機」、深紅の夕焼けから飛びだしてきた「巨大な黒い鳥」だ。

かくしてグアム島の海は、太平洋戦争の壊滅《カタストロフィ》をよび起こす。節子はその黒い鳥が自分のなかから飛びだしたように感じる。

グアムの美しい珊瑚礁《リーフ》は暗転する。エピグラフにみたとおり、「明るすぎる陰画《ネガ》を焼付ければ出てくるのは暗すぎる陽画でしかない」のだ。

＊

『天窓のあるガレージ』にはツー・ヴァージョンが存在する。一九八二年、福武書店（現ベネッセ）刊の単行本と、その五年後の福武文庫本と。「文庫版あとがき」によると、日野は「渦巻」を頂点とする変化のドラマが見わたせるように工夫したという。

変化とは「私」の消滅である。私が消えて、女性や少年が主体になる。私もふくめた、より大きなリアリティへ、小説が飛躍したのである。

日野啓三はこの二冊の刊本のあいだで編集する。彼は短篇の順番をおき換えただけではない。読みなおし、構成し、リライトする。

あらためて「私」が消えるというドラマをインプットして本書を読みかえすと、小説ががらりと変容する。作者が変身の瞬間にジャンプするように、読者も「間《あわい》の状態」（「29歳のよろい戸」）に身を躍らせる。怪物の誕生にたち会うようだ。

「私」が消えて、29歳の娘や、ガレージの少年や、節子という女があらわれる。内が外へ、あるいは外が内へ貫入する。そういう相互貫入が起こる。

変化の内容が問題ではない。

なにかが起こる。その〈起こる〉ことが大事で、〈なに〉は重要ではない。「天窓のあるガレージ」における父親、かつての〈私＝作家〉の消滅を観察しよう。「父親の両眼が怒りよりも絶望で赤く燃え、火はたちまち全身にまわる。針金の芯が溶けて曲がり、何だか意味不明の奇妙な形に薄黒くなった」――百万言をついやすよりユーモラスに、黒く焦げた「私」の焼滅が、ありありと見えるではないか。

ツー・ヴァージョンの『天窓のあるガレージ』。

テイクワンを採るか、テイクツーを採るか。

――反転する日野ワールドの楽しみはつきない。

年譜

日野啓三

一九二九年（昭和四年）
世界大恐慌の年の六月一四日、東京で生まれる。
父は代々広島県福山市外の地主の家の出だが、地主を嫌って郷里を出、東京帝国大学法学部を卒業してサラリーマンになった。母の家は岩手県水沢の武士の家系だが、父親が上京して宮内省官吏となり、母自身は東京で生まれ育った。
つまり父方からは西日本の渡来系弥生文化、母方からは古モンゴロイド系縄文文化の血を受け、その二重性が私の意識深層を形成している。ただ父母ともに大正時代の近代自由主義教育を受け、私が育った家の中には二重橋の写真も神棚も仏壇もあったことはない。

一九三三年（昭和八年）　四歳
三〜四歳頃のおぼろな原記憶——東京山の手新開地の小文化住宅と野菜畠の点綴する郊外風景、母の実家があった赤坂など昭和初年の東京中心部の幾分頽廃の匂いもある華やかな雰囲気、そして一度だけ行った父の郷里の地主屋敷の重い暗さ。

一九三四年（昭和九年）　五歳
不況のため新天地を求めて父が家族と植民地「朝鮮」に渡る。汽車と連絡船を乗り継いで、ようやく辿り着いた異郷の夜の闇の恐怖。

一九三六年（昭和一一年）　七歳
釜山《プサン》と大邱《テグ》の中間あたりの慶尚南道密陽《ミリャン》という小さな町で小学校に通う。洛東江の豊かな支流に沿う風光明媚な静かな町で、よい教師に恵まれよく学びよく遊んだ。小学校は日本人の子弟だけで全校生徒百人余、日常の生活も朝鮮の人たちとは別だったが、小学校二年のとき中国との戦争が始まってから急に増えた日本人の神社参拝や旗行列などを、奇異の目で冷やかに眺める朝鮮人たちの〝他者の目〟を、常に感じていた。

一九四二年（昭和一七年）　一三歳
中学進学直前に「大東亜戦争」勃発。この年、銀行に勤めていた父が本店勤務となって「京城」に引越し、京城の龍山中学校に通う。峻厳な岩山に囲まれた優雅な古都で、高層ビルの並ぶ近代大都市でもあった京城の街を私は愛した。
学校では軍事教練や勤労奉仕が年毎に増えたが、模型飛行機作りに熱中し漢江岸でよく飛ばした。

一九四四年（昭和一九年）　一五歳
三年生になって、父が別の都市の支店に転任になり、銀行の独身寮の空部屋にひとり残る。食料不足がきびしくなり暖房もなく孤独感に苦しみながらも、自己と人生について本気に考え始めた。

一九四五年（昭和二〇年）　一六歳
銀行の寮閉鎖のため知人宅に下宿。女主人がクリスチャンの明るく楽しい家庭だったが、四年生に進むと共に、兵器工場に勤労動員となり、重労働と学業の中断、内地の旧制高校に進学したい希望が消えて激しく絶望する。八月終戦、朝鮮独立。国破れて山河も無し。独立を喜ぶ朝鮮の人たちの祝賀デモの続く街で、帝国主義亡民の不安な三ヵ月。一一月引揚げ船で釜山港を離れるとき、水平線に沈む朝鮮の山々を眺め続けて泣いた。

家族と福山市外の父の郷里の家に引揚げたが、育った山河と街、親しかった友人知人のすべてを失った寂寥感に苦しむ。福山市の中学に「外地は程度が低いから」と転入学を断られ、府中市の中学に入れてもらう。一五歳から一六歳のこの一年余の急激な環境の変転は、自我形成期における生存の基本的安定感を深く傷つけた。

一九四六年（昭和二一年）一七歳

占領軍の指令で飛行機の生産禁止となって飛行機設計技師の夢を断念、四年修了で旧制一高文科甲類（第二外国語ロシア語）に進学。再び戻った東京は焼野原で食料がなかった。極度に飢えて貧しかったが、駒場の一高寄宿寮の生活で、ものの見方、考え方、生き方の基本を習った気がする。

一九四七年（昭和二二年）一八歳

二年生になって偶然に文芸評論家荒正人氏の講演を聞いて、戦後文学という新しい文学を知り、野間宏、椎名麟三、埴谷雄高などの新作を熱心に読み始める。

一九四九年（昭和二四年）二〇歳

文学に引かれながら自信がなく旧制東大文学部社会学科という中途半端な学科に進む。三鷹市大沢の父の知人宅に下宿、まだ雑木林の多かった武蔵野を歩きまわってドストエフスキーを読み耽った。

一九五〇年（昭和二五年）二一歳

二年生になって、一高で一年下の大岡信、丸山一郎（佐野洋）らと回覧同人誌「二十代」（五号まで）を作り、「若き日のドストエフスキー」という初めて文学にかかわる文章を書く。

一九五一年（昭和二六年）二二歳

三年生に進んでから同じ仲間とガリ版刷り同人誌「現代文学」（五号まで）を出し、大岡が詩を、丸山が小説を、私が思想的傾向の強い文芸評論を書く。

二号に掲載した「現代文学とは何か」および同じ頃雑誌「近代文学」に書いた「イリヤ・エレンブルグ論―ひとつの伝説について」は、古典的なヒューマニズムと政治的な変革運動の双方に反対しながら、現状傍観的でない人間的な場はいかにして可能か、という二者択一を超える地点を探り当てようとして、その後の思考の出発点となった重要な評論。いわば反現実的現実主義ともいうべきそんな背理的な、立場なき立場は、翌年「文学界」の新人批評家特集に書いた「荒正人論―虚点という地点について」という評論で〝虚点〟という言葉に結晶した。苦しまぎれの私の造語である。

一九五二年（昭和二七年）二三歳

大学卒業。好きなことを書いていては絶対に生活できるはずはないと考え、読売新聞社に就職。地方支局で新聞文章を書かされ過ぎて自分の文章を失わないよう、外国語は不得手なのに本社の外報部を希望する。毎日誤訳を怒られながら外電を翻訳し、下宿で文芸評論や書評、映画評を書き続けた。

一九五三年（昭和二八年）二四歳

「文学界」が新人作家批評家を集めて月一回の会合を催し、そこで安岡章太郎、吉行淳之介らの年上の作家、奥野健男、服部達らの批評家たちを知る。

一九五五年（昭和三〇年）二六歳

戦後十年を過ぎて敗戦の社会的心理的パニックがようやく鎮まりかけ、改めて本当に自分自身のものとは何だろうと考え、「近代文学」に「**焼跡について**」という十枚程のエッセイを書く。私には象徴的な意味でも焼け跡しかなかった、そしてそこにしか自分の生存の根拠はないという自覚の純粋な知覚的表現で、私にとって最初のリアルな文学的文章である。結婚してアパート暮しの家庭をもつ。

一九五八年（昭和三三年）二九歳

広島出身の桂芳久、竹西寛子らと同人誌「現代叢書」(五号まで)を出し、「焼跡について」を展開させたエッセイ「廃墟論」「即物論」などを書く。
この時期二〇世紀前半の前衛的な欧米の小説、音楽、絵画、映画に親しむとともに、一方で老子、荘子、中観派仏教、禅語録など東洋の古典思想のある種の傾向を熱心に読んだ。
一九六〇年(昭和三五年) 三一歳
李承晩独裁政権崩壊直後の韓国に、日本から初めての特派員として赴任。十五年ぶりのソウルは朝鮮戦争の破壊の跡が残り、連日反政府デモが荒れて、敗戦直後の東京に引き戻されたような心理状態を経験。
一九六一年(昭和三六年) 三二歳
七ヵ月ソウルに駐在して帰国、その直後離婚。その後二年程、ソウルで知り合った女性との再婚の手続き、周囲との摩擦、胃潰瘍、盲腸炎の病気など、三〇歳過ぎて私的現実が極度に惑乱した。続いて公的現実も激動する。
一九六四年(昭和三九年) 三五歳
この国の生活に馴れない再婚の妻を残して、戦乱の南ベトナムへ、初代の常駐特派員行きを命じられる。
一九六五年(昭和四〇年) 三六歳
赴任とともに内戦は一挙に国際戦争に拡大、米軍の本格介入。自分の国では徴兵直前に終戦になって直接体験することのなかった戦場に直面した。兵士も民衆も悲惨を極め、私も休みなしの取材送稿で心身共に壊れかける。この溶解しかけた現実感覚はルポでも評論でもなく小説の形でしか書けないと思い至り、小説を書く決心とともに帰国(駐在八ヵ月)。
一九六六年(昭和四一年) 三七歳
「中央公論」でベトナムルポを依頼され、「私はベトナムを見たか」という四十枚ほどの文章を書いたが、こんなものはルポではなく小説の出来損いだと言われてボツ。のちに「悪夢の彼方」と改題して、評論集『名づけられぬものの岸辺にて』（一九八四年・出帆新社）に収録。
初めての短篇小説「向う側」を季刊文芸誌「審美」に発表。その後三年程の間に、同じようにベトナム戦争を舞台としながら形而上的な想念を書こうとした虚構的で実験的な短篇「広場」「デルタにて」「地下へ」などを書く（単行本未収録）。
ルポルタージュ風長篇エッセイ『ベトナム報道』（現代ジャーナリズム出版会）を書き下ろし刊行。最初の著書。息子生まれる。
一九六七年（昭和四二年）　三八歳
新聞の長期連載取材のため再度南ベトナムへ行く。ゲリラ戦的内戦から本格的現代戦へと戦争の性質が一変しているのに驚く。若い米軍兵士たちの沈痛な表情から、米国内の反戦運動、反戦ロック、そこから広がった対抗文化《カウンターカルチャー》の、感性と思考の変革を求める新しい潮流に共感する。この関心はその後グレゴリー・ベイトソン、ライアル・ワトソンらの著書を通じて、身体・瞑想・生物・新科学の領域への興味へと広がった。
一九六八年（昭和四三年）　三九歳
評論家を断念してからそれまでの評論・エッセイ・作家論のほとんどを収録した評論集が、前年の秋から次々と刊行された。
『存在の芸術――廃墟を越えるもの』（南北社）
『幻視の文学――現実を越えるもの』（三一書房）
『虚点の思想――動乱を越えるもの』（永田書房）
この年の前後、新聞社外報部のベトナム戦争担当デスクとして勤務が激しく、小説を書く余裕がなかった。
一九七一年（昭和四六年）　四二歳
最初の小説の著書『還れぬ旅』（河出書房新

社）刊行。敗戦前後の孤独な精神的ドラマ（体験的事実とは異る）を虚構的に描いた連作。技術的には未熟だが、この初の連作には切実な実存的モチーフが内包されていて、後年の長篇『台風の眼』につながるものがある。

一九七二年（昭和四七年）四三歳
それまで転々と移り住んでいた郊外の安アパートや団地から、初めて新宿区中落合の高層マンションに住む。六階の自宅から都心部の鉱物的なビル群が一望され、〝現代都市〟を自分の現実として自覚する。

一九七四年（昭和四九年）四五歳
望楼のような高層マンションに住む故郷喪失者の核家族を写実的に描いた短篇「此岸の家」で、芥川賞候補となり落選後、平林たい子文学賞受賞。

一九七五年（昭和五〇年）四六歳
「此岸の家」を遡る形で離婚経験を描いた短篇「あの夕陽」で、第七二回芥川賞受賞。漠然と文学に引かれてから二五年後ようやく新人作家となる。ちょうどベトナム戦争が終って、新聞社では外報部次長から時間が自由になる編集委員にしてくれた。

一九七六年（昭和五一年）四七歳
短篇集『風の地平』（中央公論社）刊行。これで「此岸の家」以来の、自己拘束的な写実的・私小説的な連作を終える。

一九七七年（昭和五二年）四八歳
文学的想像力をより自由に展開できる新しいサイクル模索のため、「週刊読書人」に一回五枚のエッセイ「私の宇宙誌」（単行本タイトル『迷路の王国』）を一年間連載する。

一九七八年（昭和五三年）四九歳
模索の次の段階として、一回二十数枚の短篇小説を「文学界」に連載。翌年『鉄の時代』のタイトルで刊行（文藝春秋）、これが以後の幻視的都市小説の最初となる。

一九七九年（昭和五四年）　五〇歳
千代田区一番町のマンションに移る。折から急速に現代都市化する東京の最中心部に以後六年間住んだことは、都市的現代の実感を強烈に強めた。

一九八〇年（昭和五五年）　五一歳
最初の長篇小説『母のない夜』（講談社）刊行。これは後の長篇『聖家族』（一九八三年・河出書房新社）とともに、現代における母性希薄化の不安を追求した試み。
若年時の自伝的題材を幻想風に描いた連作短篇集『蛇のいた場所』（集英社）刊行。この時期、ユングの深層心理学をよく読み、神話的無意識の小説化をこの短篇集および次の長篇『抱擁』で意図的に試みた。
かねてからSFをよく読んできたが、この頃から同世代のJ・G・バラードとフィリップ・K・ディックを集中的に熟読、共感する。

一九八二年（昭和五七年）　五三歳
都心の古い洋館を舞台に現実感覚を喪失してゆく少女の救いを探った長篇小説『抱擁』（集英社）刊行、泉鏡花文学賞受賞。この本は異例によく売れた。

短篇集『天窓のあるガレージ』（福武書店）刊行。表題作は中学生の息子からヒントを得て、現代都市の鉱物的現実を生き抜く少年を無機的な乾いた文章で描く。

この二作で、主人公を作者の「私」から引き離すことに成功、小説を書く自信がやっとついた。また自覚的に都市を書く現代作家と言われるようになった。

さらに表題作「天窓のあるガレージ」以外の諸短篇は、編集委員になって以来しばしば外国に短期取材旅行に出た際の、精神的霊的体験を題材にした一連の外国旅行もの。この傾向の短篇は一九七八年刊行の『漂泊《ホーリー・》北の火』（河出書房新社）以来、一九九五年の『聖岩《ロック》』まで、私の小説世界の一部を形成する。
一九八四年（昭和五九年）五五歳
超現実《シュール》な都市短篇集『**夢を走る**』（中央公論社）刊行。時代の空気と連動するように、八〇年代前半、小説的想像力が自由に伸びて、これは私の最も好きな短篇集である。表題作のほか「砂の街」「ふしぎな球」、広島の郷里の荒廃する旧地主屋敷をディック風に描いた「孤独なネコは黒い雪の夢をみる」などの作品を収める。
一九八五年（昭和六〇年）五六歳
『抱擁』以来八〇年代前半は、私の創作活動のひとつのピークとなる。この年長篇『**砂丘が動くように**』を「中央公論」に連載しながら、長篇『**夢の島**』を「群像」に一挙掲載。ともに虚構の形で、前者は意識の変容という年来のテーマを、後者は東京湾埋立地を舞台に都市と自然との新しい関係を徹底的に追求したもの。『砂丘が動くように』（中央公論社）は谷崎潤一郎賞を、『夢の島』（講談社）は芸術選奨文部大臣賞をそれぞれ受賞した。世田谷区代田の、井の頭線線路際の建て売り住宅に転居。
一九八七年（昭和六二年）五八歳
都市短篇集『階段のある空』（文藝春秋）刊行。ふしぎな少年の小さな物語「風を讃えよ」を収める。
長篇連作エッセイ『Living Zero《リビング・ゼロ》』（集英社）刊行。これはかつての連作エッセイ『私の宇宙誌』の拡大版のようなもので、日常の生活と思念に即しながら宇宙的視野まで思考を伸ばしたもの。八〇年代後半はいわば模索期で、〝都市を含む自然〟という新たなヴィジョンを、エッセイの形で次々と書いた。
芥川賞選考委員となる。またこの年から「琉球新報」短篇小説賞の選考委員、以後沖縄を訪れることが多くその独自な風土と文化に親しむようになる。

一九八八年（昭和六三年）　五九歳
エッセイ集『都市という新しい自然』（読売新聞社）刊行。このエッセイ集は高校国語教科書や大学模擬テストに数多く使われた。
長篇連作エッセイ『都市の感触』（講談社）刊行。予感的なエッセイ「イルカは跳んだ」を収める。
短篇集『きょうも夢みる者たちは……』（新潮社）刊行。東京郊外で拒食症で自死する少女を丹念に描いた「光る荒地」と、皇居周辺を夜中にジョギングするグループを描いた「ランナーズ・ハイ」の短い中篇二作を収録したもので、私としては『夢の島』とともに、現代都市の苛烈さを描く〝東京三部作〟のつもりだった。

一九八九年（昭和六四年・平成元年）　六〇歳
長篇連作エッセイ『モノリス』（トレヴィル）と都市幻想短篇集『どこでもないどこか』（福武書店）の諸作品——荒涼とシャープな「ここはアビシニア」、電脳風SF「黒い天使」などを書く（刊行はともに翌年）。
『モノリス』は都市と自然の新たなイメージを思考してきた一連の長篇エッセイの最後になるものだが、〝都市と精神〟から〝自然と身体〟の方に重心が傾き、北海道の原始林や沖縄の聖地などが親しく視野に入ってきた。

一九九〇年（平成二年）　六一歳
身体という内なる自然への急速な関心の高まりが呼び寄せたように、還暦のこの年、腎臓ガンを偶然に発見され、摘出手術をする。死の恐怖に直面して幻覚を見、意識がキレかけた。

一九九二年（平成四年）　六三歳
退院後間もなくから、強い副作用のある免疫強化治療を受けながら少しずつ書いてきたガン体験の虚実の境界を辿ったエッセイと短篇集『断崖の年』（中央公論社）刊行。伊藤整文学賞受賞。

この心身ともに苦しかった時期、最も熱心に読んだのが、アメリカの文化人類学者カルロス・カスタネダが伝えるメキシコ・インディアンのシャーマンの教え『沈黙の力』だった。私たちと先祖を同じくするモンゴロイド狩猟民の古い知恵。

一九九三年（平成五年）　六四歳
免疫治療は三年続き、薄れかける現実感覚を取り戻そうとして、生きていたと実感される過去の幾つかの場景を親密に精密に年代順に想起した長篇小説『台風の眼』を、九一年から「新潮」に連載して刊行（新潮社）。ただし事実的な自伝小説ではない。野間文芸賞を受賞したが、授賞式当日の現実感覚もまだ希薄だった。

一九九四年（平成六年）　六五歳
転移の不安ようやく去る。『台風の眼』で想起した場景の多くに光が射し込んでいたことに気付き、魂にとって光とは何かを確かめるため、月面で宇宙空間の太陽光線に直面して記憶喪失に陥った日本人宇宙飛行士を主人公とする近未来の物語を、「文学界」に連載を始める。連載時のタイトル「インターゾーン」、単行本刊行時に『光』と改題。

一九九五年（平成七年）　六六歳
長篇小説『光』（文藝春秋）刊行。読売文学賞受賞。
これまでエッセイや短篇に書いたこともある過去の外国旅行の際の霊的体験を改めて深化させた一連の短篇――「聖岩」（オーストラリアのエアーズロック）、「幻影と記号」（トルコのカッパドキア）、「古都」（中国杭州の西湖）、「遥かなるものの呼ぶ声」（中国奥地タクラマカン砂漠）を収めた短篇集『聖岩《ホーリー・ロック》』（中央公論社）刊行。私には懐しい短篇集。

一九九六年（平成八年）　六七歳
一九九三年以来読売新聞夕刊文化欄で毎月一回連載していたエッセイ「流砂の遠近法」を

柱とする久しぶりのエッセイ・評論集『流砂の声』（読売新聞社）刊行。『日野啓三短篇選集』上下二巻刊行（読売新聞社）。処女作「向う側」から最新作「古都」までの自選一六篇。

一九九七年（平成九年）　六八歳

長篇『光』を書いて意識化した光と闇の問題を深め高めることをモチーフに、北関東の神秘的な山奥の湖を舞台にした長篇小説『天池《てんち》』の連載を始める（「群像」一月号から）。こうして心身の変調にもかかわらず、あるいはそのために九〇年代中期は思いがけなく作品制作上、八〇年代前期に次ぐ実りある時期となった。だがこの年の暮、新たに膀胱ガンが発見されて手術、『天池』連載を一時中断、再び心身の試練に直面する。

（一九九八年一月　日野啓三記）

一九九八年（平成一〇年）　六九歳

一月、「十月の光」を「新潮」に、「ここで踊れ」を「すばる」に発表。五月、講談社文芸文庫『砂丘が動くように』刊行。一二月、「書くことの秘儀」を「すばる」に発表。同月、『日野啓三自選エッセイ集　魂の光景』（集英社）刊行。この年と翌年、鼻腔ガンの手術を受ける。

一九九九年（平成一一年）　七〇歳

三月、「群像」連載の「天池」が完結。同月より「小説をめぐるフーガ」を「すばる」に連載（一〇月まで）。五月、『天池』（講談社）刊行。九月、中公文庫『断崖の年』刊行。

二〇〇〇年（平成一二年）　七一歳

一月、クモ膜下出血で手術を受ける。三月、第五六回日本芸術院賞を受賞。一二月、芸術院会員となる。同月より翌年一二月まで、のちに『落葉　神の小さな庭で』にまとめられる短篇小説を「すばる」に連載。

二〇〇一年（平成一三年）　七二歳

二月、『創造する心　日野啓三対談集』（雲母書房）刊行。同書は一九八三年刊行の読売新聞社版を増補したもの。三月、中公文庫『遥かなるものの呼ぶ声』刊行。五月、『梯《きざはし》の立つ都市《まち》　冥府と永遠の花』（集英社）刊行。この年の春より翌年の春にかけて入退院を繰り返す。

二〇〇二年（平成一四年）七三歳

五月、『落葉　神の小さな庭で』（集英社）刊行。八月、『ユーラシアの風景―世界の記憶を辿る』（ユーラシア旅行社）刊行。一〇月、講談社文芸文庫『あの夕陽・牧師館―日野啓三短篇小説集』刊行。一〇月一四日、大腸ガンのため死去。

二〇〇三年（平成一五年）

一月、『書くことの秘儀』（集英社）刊行。二月、広島県のふくやま文学館にて「追悼　日野啓三」展開催。

二〇〇五年（平成一七年）

一〇月より翌年一月まで、ふくやま文学館にて「日野啓三の世界」展開催。

二〇一二年（平成二四年）

一二月より翌年三月まで、ふくやま文学館にて「日野啓三―遥かなるまなざし」展開催。

本年譜は講談社文芸文庫『砂丘が動くように』（一九九八年五月）所収の著者自筆年譜に、編集部作成の一九九八年以降の略年譜を加えたものです。その際、ふくやま文学館刊『日野啓三の世界』（二〇〇五年一〇月）所収の「日野啓三略年譜」を参照しました。

（編集部）

著書目録

日野啓三

【単行本】

ベトナム報道―特派員の証言　昭41・11　現代ジャーナリズム出版会
存在の芸術―廃墟を越えるもの　昭42・11　南北社
幻視の文学―現実を越えるもの　昭43・12　三一書房
虚点の思想―動乱を越えるもの　昭43・12　永田書房
還れぬ旅　昭46・10　河出書房新社
虚構的時代の虚構　昭47・9　冬樹社
此岸の家　昭49・8　河出書房新社
あの夕陽　昭50・3　新潮社
私のなかの他人　昭50・7　文藝春秋
孤独の密度　昭50・11　冬樹社
風の地平　昭51・4　中央公論社
漂泊　北の火　昭53・5　河出書房新社
迷路の王国―私という宇宙風景　昭53・8　集英社
鉄の時代　昭54・3　文藝春秋
母のない夜　昭55・3　講談社
蛇のいた場所　昭55・8　集英社
聖なる彼方へ―わが魂の遍歴　昭56・12　ＰＨＰ研究所
抱擁　昭57・2　集英社
天窓のあるガレージ　昭57・5　福武書店

科学の最前線＊　昭57・6　学生社
聖家族　昭58・3　河出書房新社
創造する心　日野啓三対談集＊　昭58・8　読売新聞社
名づけられぬものの岸辺にて―日野啓三主要全評論　昭59・1　出帆新社
夢を走る　昭59・11　中央公論社
夢の島　昭60・10　講談社
砂丘が動くように　昭61・4　中央公論社
昭和の終焉＊　昭61・9　トレヴィル
Living Zero《リビング・ゼロ》　昭62・4　集英社
階段のある空　昭62・8　文藝春秋
不思議な半世紀＊　昭62・12　創樹社
向う側　昭63・2　成瀬書房
きょうも夢みる者たちは……　昭63・2　新潮社
都市の感触　昭63・2　講談社
都市という新しい自然　昭63・8　読売新聞社
モノリス＊　平2・6　トレヴィル
どこでもないどこか　平2・9　福武書店
断崖の年　平4・2　中央公論社
台風の眼　平5・7　新潮社
光　平7・11　文藝春秋
聖岩《ホーリー・ロック》　平7・11　中央公論社
流砂の声　平8・2　読売新聞社
日野啓三自選エッセイ集　魂の光景　平10・12　集英社
天池《てんち》　平11・5　講談社
創造する心　日野啓三対談集（読売新聞社版の増補）＊　平13・2　雲母書房
梯《きざはし》の立つ都市《まち》　冥府と永遠の花　平13・5　集英社
落葉　神の小さな庭で　平14・5　集英社
ユーラシアの風景―世界の記憶を辿る　平14・8　ユーラシア旅行社
書くことの秘儀　平15・1　集英社

天窓のあるガレージ　平17・10　ふくやま文学館
カラスのいる神殿―原題「世界の同意」　平25・2　ふくやま文学館

【全集】

日野啓三短篇選集 上下　平8　読売新聞社
芥川賞全集10　昭57　文藝春秋
昭和文学全集30　昭63　小学館
コレクション 戦争と文学4　9・11変容する戦争　平23　集英社
コレクション 戦争と文学2　ベトナム戦争　平24　集英社
コレクション 戦争と文学1　朝鮮戦争　平24　集英社
日本文学全集21　平27　河出書房新社

【文庫】

風の地平（解=川崎洋）　昭55　中公文庫
此岸の家（「著者ノート」を付す）　昭57　河出文庫
あの夕陽（解=奥野健男）　昭59　集英社文庫
抱擁（解=池澤夏樹）　昭62　集英社文庫
夢を走る（解=池澤夏樹）　昭62　中公文庫
天窓のあるガレージ（解=菊田均）　昭62　福武文庫
夢の島（解=三浦雅士　案=日高昭二　著）　昭63　講談社文芸文庫
砂丘が動くように（解=池澤夏樹）　平2　中公文庫
台風の眼（解=川村湊）　平9　新潮文庫
砂丘が動くように（解=保坂和志　年　著）　平10　講談社文芸文庫
断崖の年　平11　中公文庫
遥かなるものの呼ぶ声　平13　中公文庫
あの夕陽・牧師館　平14　講談社文芸文

庫

—日野啓三短篇小説集

（解＝池澤夏樹）

台風の眼（解＝鈴村和成　平21 講談社文芸文庫

年　著）

ベトナム報道（年　著）　平24 講談社文芸文庫

地下へ・サイゴンの老　平25 講談社文芸文庫

人　ベトナム全短篇集

（解＝川村湊　年　著）

「著書目録」には、原則として、翻訳、編著、再刊本は入れなかった。／＊は対談・共著等を示す。／【文庫】は主要なものを挙げた。（　）内の略号は、解＝解説　案＝作家案内　年＝年譜　著＝著書目録を示す。

（編集部）

本書は、福武文庫版『天窓のあるガレージ』（一九八七年七月刊）を底本とし、多少ふりがなを調整しました。本文中明らかな誤記、誤植と思われる箇所は正しましたが、原則として底本に従いました。

天窓《てんまど》のあるガレージ

日野啓三《ひのけいぞう》

二〇一七年九月八日第一刷発行

発行者——鈴木　哲

発行所——株式会社　講談社

東京都文京区音羽2・12・21　〒112-8001

電話　編集（03）5395・3513

販売（03）5395・5817

業務（03）5395・3615

デザイン——菊地信義

印刷——豊国印刷株式会社

製本——株式会社国宝社

本文データ制作——講談社デジタル製作

定価はカバーに表示してあります。

講談社
文芸文庫

ISBN978-4-06-290360-8

野田宇太郎	新東京文学散歩 漱石・一葉・荷風など	大村彦次郎—解
野間宏	暗い絵|顔の中の赤い月	紅野謙介—解／紅野謙介—年
野呂邦暢	[ワイド版]草のつるぎ|一滴の夏 野呂邦暢作品集	川西政明—解／中野章子—年
橋川文三	日本浪曼派批判序説	井口時男—解／赤藤了勇—年
蓮實重彦	夏目漱石論	松浦理英子—解／著者—年
蓮實重彦	「私小説」を読む	小野正嗣—解／著者—年
蓮實重彦	凡庸な芸術家の肖像 上 マクシム・デュ・カン論	
蓮實重彦	凡庸な芸術家の肖像 下 マクシム・デュ・カン論	工藤庸子—解
服部達	われらにとって美は存在するか 勝又浩編	勝又 浩—解／齋藤秀昭—年
花田清輝	復興期の精神	池内 紀—解／日高昭二—年
埴谷雄高	死霊 I II III	鶴見俊輔—解／立石 伯—年
埴谷雄高	埴谷雄高政治論集 埴谷雄高評論選書1 立石伯編	
埴谷雄高	埴谷雄高思想論集 埴谷雄高評論選書2 立石伯編	
埴谷雄高	埴谷雄高文学論集 埴谷雄高評論選書3 立石伯編	立石 伯—年
埴谷雄高	酒と戦後派 人物随想集	
濱田庄司	無盡蔵	水尾比呂志—解／水尾比呂志—年
林京子	祭りの場|ギヤマン ビードロ	川西政明—解／金井景子—案
林京子	長い時間をかけた人間の経験	川西政明—解／金井景子—年
林京子	希望	外岡秀俊—解／金井景子—年
林京子	やすらかに今はねむり給え|道	青来有一—解／金井景子—年
林京子	谷間|再びルイへ。	黒古一夫—解／金井景子—年
林達夫	林達夫芸術論集 高橋英夫編	高橋英夫—解／編集部—年
林芙美子	晩菊|水仙|白鷺	中沢けい—解／熊坂敦子—案
原民喜	原民喜戦後全小説	関川夏央—解／島田昭男—年
東山魁夷	泉に聴く	桑原住雄—人／編集部—年
久生十蘭	湖畔|ハムレット 久生十蘭作品集	江口雄輔—解／江口雄輔—年
日夏耿之介	ワイルド全詩 (翻訳)	井村君江—解／井村君江—年
日野啓三	ベトナム報道	著者—年
日野啓三	地下へ|サイゴンの老人 ベトナム全短篇集	川村 湊—解／著者—年
日野啓三	天窓のあるガレージ	鈴村和成—解／著者—年
深沢七郎	笛吹川	町田 康—解／山本幸正—年
深沢七郎	甲州子守唄	川村 湊—解／山本幸正—年
深沢七郎	花に舞う|日本遊民伝 深沢七郎音楽小説選	中川五郎—解／山本幸正—年
深瀬基寛	日本の沙漠のなかに	阿部公彦—解／柿谷浩一—年

▶解=解説 案=作家案内 人=人と作品 年=年譜を示す。 2017年9月現在

講談社文芸文庫

講談社文芸文庫

松田解子	乳を売る|朝の霧 松田解子作品集	高橋秀晴──解／江崎 淳──年
丸谷才一	忠臣藏とは何か	野口武彦──解
丸谷才一	横しぐれ	池内 紀──解
丸谷才一	たった一人の反乱	三浦雅士──解／編集部──年
丸谷才一	日本文学史早わかり	大岡 信──解／編集部──年
丸谷才一編	丸谷才一編・花柳小説傑作選	杉本秀太郎-解
丸谷才一	恋と日本文学と本居宣長|女の救はれ	張 競──解／編集部──年
丸山健二	夏の流れ 丸山健二初期作品集	茂木健一郎-解／佐藤清文─年
三浦朱門	箱庭	富岡幸一郎-解／柿谷浩一─年
三浦哲郎	拳銃と十五の短篇	川西政明──解／勝又 浩──案
三浦哲郎	野	秋山 駿──解／栗坪良樹──案
三浦哲郎	おらんだ帽子	秋山 駿──解／進藤純孝──案
三木清	読書と人生	鷲田清一──解／柿谷浩一──年
三木清	三木清教養論集 大澤聡編	大澤 聡──解／柿谷浩一──年
三木清	三木清大学論集 大澤聡編	大澤 聡──解／柿谷浩一──年
三木清	三木清文芸批評集 大澤聡編	大澤 聡──解／柿谷浩一──年
三木卓	震える舌	石黒達昌──解／若杉美智子-年
三木卓	K	永田和宏──解／若杉美智子-年
水上勉	才市|蓑笠の人	川村 湊──解／祖田浩──案
三田文学会編	三田文学短篇選	田中和生──解
宮本徳蔵	力士漂泊 相撲のアルケオロジー	坪内祐三──解／著者──年
三好達治	測量船	北川 透──人／安藤靖彦──年
三好達治	萩原朔太郎	杉本秀太郎-解／安藤靖彦──年
三好達治	諷詠十二月	高橋順子──解／安藤靖彦──年
室生犀星	蜜のあわれ|われはうたえどもやぶれかぶれ	久保忠夫──解／本多 浩──案
室生犀星	加賀金沢|故郷を辞す	星野晃一──人／星野晃一──年
室生犀星	あにいもうと|詩人の別れ	中沢けい──解／三木サニア-案
室生犀星	哈爾濱詩集|大陸の琴	三木 卓──解／星野晃一──年
室生犀星	深夜の人|結婚者の手記	髙瀨真理子-解／星野晃一──年
室生犀星	かげろうの日記遺文	佐々木幹郎-解／星野晃一──解
室生犀星	我が愛する詩人の伝記	鹿島 茂──解／星野晃一──年
森敦	われ逝くもののごとく	川村二郎──解／富岡幸一郎-案
森敦	浄土	小島信夫──解／中村三春──案
森敦	われもまた おくのほそ道	高橋英夫──解／森 富子──年

講談社文芸文庫

森敦	酩酊船 森敦初期作品集	富岡幸一郎-解／森 富子——年
森敦	意味の変容｜マンダラ紀行	森 富子——解／森 富子——年
森有正	遙かなノートル・ダム	山城むつみ-解／柿谷浩——年
森孝一編	文士と骨董 やきもの随筆	森 孝一——解
森茉莉	父の帽子	小島千加子-人／小島千加子-年
森茉莉	贅沢貧乏	小島千加子-人／小島千加子-年
森茉莉	薔薇くい姫｜枯葉の寝床	小島千加子-解／小島千加子-年
安岡章太郎	走れトマホーク	佐伯彰一——解／鳥居邦朗——案
安岡章太郎	ガラスの靴｜悪い仲間	加藤典洋——解／勝又 浩——案
安岡章太郎	幕が下りてから	秋山 駿——解／紅野敏郎——案
安岡章太郎	流離譚 上・下	勝又 浩——解／鳥居邦朗——年
安岡章太郎	果てもない道中記 上・下	千本健一郎-解／鳥居邦朗——年
安岡章太郎	犬をえらばば	小高 賢——解／鳥居邦朗——年
安岡章太郎	[ワイド版]月は東に	日野啓三——解／栗坪良樹——案
安原喜弘	中原中也の手紙	秋山 駿——解／安原喜秀——年
矢田津世子	[ワイド版]神楽坂｜茶粥の記 矢田津世子作品集	川村 湊——解／高橋秀晴——年
山川方夫	[ワイド版]愛のごとく	坂上 弘——解／坂上 弘——年
山川方夫	春の華客｜旅恋い 山川方夫名作選	川本三郎——解／坂上 弘—案・年
山城むつみ	文学のプログラム	著者——年
山城むつみ	ドストエフスキー	著者——年
山之口貘	山之口貘詩文集	荒川洋治——解／松下博文——年
山本健吉	正宗白鳥 その底にあるもの	富岡幸一郎-解／山本安見子-年
湯川秀樹	湯川秀樹歌文集 細川光洋選	細川光洋——解
横光利一	上海	菅野昭正——解／保昌正夫——案
横光利一	旅愁 上・下	樋口 覚——解／保昌正夫——年
横光利一	欧洲紀行	大久保喬樹-解／保昌正夫——年
与謝野晶子	愛、理性及び勇気	鶴見俊輔——人／今川英子——年
吉田健一	金沢｜酒宴	四方田犬彦-解／近藤信行——案
吉田健一	絵空ごと｜百鬼の会	高橋英夫——解／勝又 浩——案
吉田健一	三文紳士	池内 紀——人／藤本寿彦——年
吉田健一	英語と英国と英国人	柳瀬尚紀——人／藤本寿彦——年
吉田健一	英国の文学の横道	金井美恵子-人／藤本寿彦——年
吉田健一	思い出すままに	粟津則雄——人／藤本寿彦——年
吉田健一	本当のような話	中村 稔——解／鈴村和成——案

講談社文芸文庫

芥川龍之介　谷崎潤一郎
文芸的な、余りに文芸的な／饒舌録 ほか　芥川vs.谷崎論争　千葉俊二編
解説＝千葉俊二
昭和二年、芥川自害の数ヵ月前に始まった〝筋のない小説〟を巡る論争。二人の応酬を発表順に配列し、発端となった合評会と小説、谷崎の芥川への追悼文を収める。
978-4-06-290358-5　あH3

日野啓三
天窓のあるガレージ
解説＝鈴村和成　年譜＝著者
日常から遠く隔たった土地の歴史、自然に身を置く「私」が再発見する場所――都市幻想小説群の嚆矢となった表題作を始め、転形期のスリルに満ちた傑作短篇集。
978-4-06-290360-8　ひA7

三木　清
三木清文芸批評集　大澤　聡編
解説＝大澤　聡　年譜＝柿谷浩一
昭和初期の哲学者にしてジャーナリストの三木清はまた、稀代の文芸批評家でもあった。批評論・文学論・状況論の三部構成で、その豊かな批評眼を読み解く。
978-4-06-290359-2　みL4